Caitlin Liss

Biblioteca Era

César Aira

La prueba

César Aira

La prueba

Ediciones Era

Primera edición: Grupo Editorial Latinoamericano, Buenos Aires, 1992
Primera edición en Biblioteca Era: 2002
Primera reimpresión: 2011
ISBN: 978-968-411-537-8
DR © 2002, Ediciones Era, S. A. de C. V.
Calle del Trabajo 31, 14269 México, D. F.
Impreso y hecho en México
Printed and made in Mexico

www.edicionesera.com.mx

—¿Querés coger? A Marcia la sorpresa le hizo incomprensible la pregunta. Miró a su alrededor sobresaltada para ver de dónde provenía... Aunque no estaba tan fuera de lugar, y quizás no podía esperarse otra cosa, en ese laberinto de voces y miradas, a la vez transparente, liviano, sin consecuencias, y denso, veloz, algo salvaje. Pero si uno se ponía a esperar algo...

Tres cuadras antes de la Plaza Flores empezaba a desplegarse, de este lado de la avenida, un mundo juvenil, detenido y móvil, tridimensional, que hacía sentir su envoltura, el volumen que creaba. Eran grupos nutridos de chicos y chicas, más de los primeros que de las segundas, en las puertas de las dos disquerías, en el espacio libre del Cine Flores entre ambas, y contra los autos estacionados. A esa hora habían salido de los colegios y se reunían allí. Ella también había salido del colegio dos horas antes (estaba en cuarto), pero lejos, quince cuadras más abajo, en Caballito, y hacía su caminata cotidiana. Marcia tenía sobrepeso, y un problema en las vértebras que a los dieciséis años no era grave, pero podía llegar a serlo. Nadie le había recomendado que caminara; lo hacía por instinto terapéutico. Y por otros motivos también, principalmente el hábito; la grave depresión que había sufrido, con su clímax unos pocos meses atrás, la obligó a moverse sin cesar para sobrevivir, y ahora lo hacía en buena medida porque sí, por inercia o por cábala. A esta altura del ejercicio, ya cerca de donde emprendía la vuelta, era como si fuera desacelerando; entrar en esa otra área juvenil después del kilómetro más bien neutro por Rivadavia que separaba ambos barrios, era hacer más y más lenta la marcha, aunque no disminuyera el paso. Chocaba con la carga de signos flotantes, cada paso, cada ondular de los brazos se hacía innumerable en respuestas y alusiones... Flores, con su gran sociedad juvenil en la calle, se alzaba como un espejo de su historia, algo alejado del escenario original, no mucho, al alcance de una caminata vespertina; de todos modos resultaba lógico que el tiempo se hiciera más espeso al llegar. Fuera de su historia se sentía deslizar demasiado rápido, como un cuerpo en el éter donde no hubiera resistencia. Tampoco debía haberla en exceso, o quedaría detenida, como le había sucedido en el periodo bastante trágico que ya empezaba a palidecer en el pasado.

Aunque eran apenas las siete, había oscurecido. Estaban en invierno, y la noche caía temprano. No la noche cerrada, para la que faltaba un rato. En el sentido en que caminaba, Marcia tenía el crepúsculo adelante; al fondo de la avenida había una luz intensa, roja, violeta, anaranjada; pudo verla sólo al acercarse a Flores, cuando Rivadavia hacía una suave curva. Había salido casi de día, pero era un proceso rápido; en pleno invierno a las seis y media de la tarde habría sido de noche: la estación había avanzado y ya no podía decirse que fueran los días más cortos del año, pero persistía el frío, los crepúsculos bruscos, los anuncios de la noche al salir del colegio a las cinco. Debía de quedar algo de luz en el aire, aun a las siete, pero la iluminación intensa de la calle volvía negro el aire del cielo, por contraste. Sobre todo al llegar a la zona más comercial de Flores, cerca de la plaza, con las vidrieras y marquesinas encendidas. Eso hacía incongruente el brillo rojo de la puesta de sol del fondo, salvo que ya no era roja, era apenas sombra azul con una irradiación gris.

Aquí el fulgor de las perchas de mercurio deslumbraba, quizás por la cantidad de jóvenes que se miraban y conversaban o esperaban o discutían a gritos. En las cuadras anteriores, casi vacías de gente (hacía muchísimo frío, y los que no eran jóvenes con esa necesidad inútil de encontrarse con sus amistades preferían quedarse adentro) las luces parecían brillar menos; es cierto que al pasar por ellas había sido más temprano. La hora parecía volver atrás, desde alguna medianoche, hacia la tarde, hacia el día.

Ella no lo sentía, o no debería sentirlo, porque era parte del sistema, pero todos esos chicos estaban perdiendo el tiempo. Era el sistema que tenían de ser felices. De eso se trataba, y Marcia lo captaba perfectamente, aunque no podía participar. O creía que no podía. Sea como fuera entraba a ese reino encantado, que no era ningún lugar, era un momento causal de la tarde. ¿Había llegado ella a él? ¿Él a ella? ¿La había estado esperando? No se hacía más preguntas porque ya estaba allí. Había llegado a olvidarse de que estaba caminando, de que iba en cierta dirección (de cualquier modo no iba a ninguna parte) en medio de la resistencia suave de la luz y la oscuridad, el silencio y las miradas que cambiaban sus rostros.

Se miraban todos entre sí, se encontraban, para eso habían salido. Hablaban, gritaban, se murmuraban secretos, pero todo se resolvía vertiginosamente en la nada. La felicidad de hallarse en un lugar y un momento era así. Tuvo que zigzaguear para pasar por fuera de unos círculos dentro de los cuales reverberaba el secreto. El secreto era ser niño o no. Aun así, no podía evitar mirar, ver, montar en la atención general. De los grupitos se desprendían todo el tiempo algunos chicos y chicas que se apuraban para un lado u otro, y siempre volvían, hablando, gesticulando. Todo ese tramo estaba poblado; parecían llegar o irse, y sobre todo mantener la cantidad. Daban una impresión de sociabilidad inestable. De hecho, se diría que no estaban estacionados allí, sino de paso, como ella. No era un área de resistencia, salvo poética, imaginaria, sino un suave tumulto con grandes y pequeñas risas. Todos parecían estar discutiendo. ¡Boludo! ¡Boludo! era la palabra que más se oía, aunque nadie se peleaba. Se recriminaban todo, pero era una manera de ser. No es que la miraran pasar; no estaban tan callados ni tan inmóviles para eso. Además, era un instante, unos pocos metros. Pero proseguía. Cruzando la calle Gavilán estaba la verdadera muchedumbre. Ese lado de la esquina, donde estaba Duncan, una confitería enorme, era un poco más oscuro. Aquí parecían más. Éstos sí eran los típicos jóvenes de Flores; pelos largos, camperas de cuero, las motos estacionadas sobre la vereda. Reinaba una urgencia detenida. Había un kiosco de revistas cerrado, y junto a él un puesto de florista; hasta unos veinte o treinta metros más adelante seguía habiendo grupitos, hasta la primera entrada de la galería, donde había una disquería, y culminaba la presencia de gente joven exhibiéndose, al menos por el momento. Marcia sabía que en la esquina siguiente, frente a una farmacia, se hacía siempre a esa hora una aglomeración de chicos. Era avanzar y progresar en lo más característico del barrio. Pero todavía iba a la altura de la esquina anterior, la de Duncan, colmada de motociclistas... Ya le llegaba la música de la disquería, The Cure, que a Marcia le encantaba.

La música modificó su estado de ánimo, lo llevó a su culminación inexpresada. Como no había sucedido con la música de las dos disquerías de la cuadra anterior, no podía deberse sino a la cualidad de ésta; aunque quizás se debiera a un final de la suma de impresiones. La música era la resistencia que faltaba para hacer el pasaje totalmente fluido. Todas las miradas, las voces entre las que se deslizaba, se conjugaban en la noche. Porque era la noche. El día había cesado y la noche estaba en el mundo; a esta hora en verano era pleno día; ahora era de noche. No la noche de dormir, la verdadera, sino una noche puesta sobre el día sólo porque era invierno.

Caminaba envuelta en su aureola, en sus dieciséis años. Marcia era rubia, baja, gordita, con algo infantil y algo adulto. Llevaba una pollera de lana y un pulóver gordo azul, zapatos acordonados, el rostro encendido por la caminata, pero siempre lo tenía rubicundo. Se sabía fuera de lugar en su movimiento; habría sido una más en alguna barrita, en la que no eran infrecuentes las chicas como ella, charlando y riéndose, pero no conocía a nadie de Flores. Parecía una chica que iba a alguna parte y tenía que cruzar por ahí. Milagro que no le hubieran dado tarjetas; se las daban todos los días, pero hoy no, por una de esas casualidades; todos los tarjeteros se habían distraído justo en el momento en que ella pasaba. Se diría que era un fantasma, que era invisible. Pero eso no hacía sino volverla más y más el centro vacío de todas las miradas y conversaciones... si es que se podía hablar de conversaciones. Cuando nada le estaba dirigido, era porque las direcciones se habían desvanecido. Era la nube de jóvenes desconocidos...

–A vos te digo...

–¿A mí?

–¿Querés coger?

Dos chicas se habían desprendido del grupo grande o los grupos estacionados en Duncan y fueron tras ella, le dieron alcance, sin ir muy lejos porque Marcia estaba ahí nomás. Una de ellas le hablaba, la otra estaba de acompañante, muy atenta, algo más atrás. Marcia se detuvo, cuando hubo localizado quién le hablaba, y la miró:

–¿Estás loca?

–No.

Eran dos punks, de negro, muy jóvenes, pero quizás algo mayores que ella, de caras infantiles, pálidas. La que hablaba estaba muy cerca.

–Estás buenísima y te quiero coger.

–¿Estás mal de la cabeza?

Miró a la otra, que era igual y estaba muy seria. No parecía una broma, no eran conocidas, o por lo menos no podía reconocerlas con esos disfraces. Había algo de serio y de loco en las dos, en la situación. Marcia no cabía en sí del asombro. Apartó la vista y siguió caminando, pero la punkie la tomó del brazo.

–Sos la que estaba esperando, gorda de mierda. No te hagas la difícil. Quiero lamerte la concha ¡para empezar!

Se soltó inmediatamente, pero de todos modos volvió la cabeza, por segunda vez, para responderle.

–Estás chiflada.

–Vení a lo oscuro –señalaba la calle Gavilán, a su espalda, que efectivamente era una boca de lobo, con sus grandes árboles–. Quiero darte un beso.

–Dejame en paz.

Seguía su marcha, y las dos se habían quedado quietas, renunciando de antemano, pero la que hablaba levantaba la voz, como se hace siempre con alguien que se aleja, aunque siga cerca. Vagamente alarmada, Marcia notó a posteriori que la desconocida había hablado en voz alta desde el comienzo, y algunos las habían oído y se reían. Y no sólo jóvenes, sino también el florista, un hombre mayor, un abuelito, rozando al cual pasó Marcia en su huida, que miraba muy interesado pero con cara inexpresiva, como si no pudiera reaccionar. Lo haría después, en sus comentarios con las clientas, sería inagotable con la "degeneración", los "¿sabe lo que pasó?", etcétera. "Seguro que estaban drogadas", dirían las señoras. ¡Qué inconscientes eran estas pibas! se sorprendió pensando

Marcia. ¡Qué imprudentes! ¡Cómo saboteaban a la juventud! Los muchachos que habían oído no parecían para nada preocupados por eso; se reían y gritaban, divertidísimos.

Ya habían quedado atrás. Sin querer, había acelerado un poco. La música sonaba más fuerte, y unos chicos estacionados en la puerta de la disquería, más adelante, miraban interesados. Sin oír, debían de haber adivinado, quizás no el sentido exacto del intercambio, pero sí su extrañeza. O quizás ella no era la primera que abordaban esas dos, u otras, quizás era una broma de mal gusto que estaban haciendo todo el tiempo. No se volvió a mirar, pero supuso que las dos punks se habrían reintegrado a un grupito y se reían, ya estaban esperando a la próxima víctima.

Unos pasos más y Marcia llegaba al punto de máxima sonoridad. Pero ahora la música había cambiado de sentido. Era como si se hubiera vuelto real, cosa que nunca sucedía con la música. Esa realidad le impedía oírla. Estaba pensando con el máximo de sonoridad ella también, de modo que al mismo tiempo era como si el pensamiento se hubiera hecho real. Por donde iba había grupos juveniles todavía, que ya no le prestaban atención, igual que antes (todo el incidente había durado unos segundos, casi no podía decirse que hubiera hecho un alto), pero ya no eran como antes emblemas de una belleza o de una felicidad, sino *de otras*.

En efecto, todo había cambiado. Marcia estaba trémula por el shock ligeramente demorado. El corazón se le salía por la boca. Estaba muda del asombro, aunque no se notaba porque no tenía el hábito de hablar sola. Pero todo ese efecto ya pasaba, ya había pasado. El retraso del shock se debía a que no había tenido tiempo de desplegarse mientras sucedía el hecho; pero después, no tenía razón de ser, era un shock ficción. Marcia no era histérica, ni siquiera nerviosa, ni impresionable, ni paranoica; era bastante tranquila y racional.

No, el cambio no estaba ahí. Había cambiado la atmósfera, el peso de la realidad. No porque se hubiera hecho más real o menos real, sino porque parecía como si ahora todo pudiera suceder. ¿Y antes no era así? Antes era como si nada pudiera suceder. Era el sistema de belleza y felicidad de los jóvenes. Era el motivo por el que estaban allí diseminados a esa hora, era su modo de hacer real el barrio, la ciudad, la noche. De pronto todos eran distintos, como si un gas de dispersión instantánea los hubiera transformado. Era increíble cómo podía cambiar todo, pensaba Marcia, hasta en los detalles. No se necesitaban catástrofes ni cataclismos... Al contrario: en este momento un terremoto o una inundación sería el modo más seguro de mantener las cosas en su lugar, de preservar los valores.

Que dos chicas, dos mujeres, la hubieran querido levantar, en voz alta, con obscenidades, dos punks que confirmaban su autoexpulsión violenta de los buenos modales... Era tan inesperado, tan novedoso... Todo podía suceder, realmente, y los que podían hacerlo suceder eran esos cientos de jóvenes que salían a la calle a perder el tiempo al anochecer, después del colegio. Podían todo. Podían hacer caer la noche en pleno día. Podían hacer girar el mundo, y retrasar infinitamente la marcha de Marcia en línea recta (descontando la curva que describía Rivadavia) de Caballito a Flores.

Marcia era de esas chicas de su edad de las que puede jurarse que son víctimas. Aunque no lo sean, se lo puede jurar. Quizás por eso la habían elegido. No son tantas las de ese tipo, aunque sean muchas las vírgenes. Alrededor de la virgen late una atmósfera, que se hace atmósfera por ella, de posibilidades, de miradas, tiempo, mensajes... Si no lo parece, la atmósfera es más pura, más transparente, todo fluye más rápido. Si lo parece, y era su caso, uno en un millón, la atmósfera puede estallar en realidad. Todas las caras a su alrededor, los cuerpos, distendidos, absortos, exhibicionistas, se habían cargado de historias y de intenciones de historias, como una miríada de relatos entre los que pasaba...

No había dado cinco pasos y ya estaba completamente tranquila. Tenía algo así como la sombra de una euforia en el corazón: es el efecto infalible de la realidad. Alzó la vista y todas las luces de la avenida brillaron para ella sobre el fondo del negro más compacto. Al fondo, todavía había un resplandor en el cielo. No importaba siquiera que lo hubieran dicho en broma, que era la única explicación plausible. Decirlo bastaba, cualquiera fuera la intención. Decirlo era irreversible. Era un clic, y todo lo demás quedaba atrás. Eso hacía que las dos punks hubieran quedado atrás, definitivamente, como un signo usado y bien usado, tan bien usado que el mundo entero era su significado.

Pero en realidad no habían quedado atrás. No había hecho ni veinte metros, todavía en el área sonora de The Cure, cuando le dieron alcance.

–Esperá un poco, ¿tan apurada estás?

–¿Eh?

–¿Sos sorda o sos tarada?

Marcia tragó saliva. Se había detenido. Dio un cuarto de vuelta y quedaron frente a frente. Igual que antes, la que hablaba estaba más adelantada, la otra un paso atrás y al costado, las dos muy serias.

–¿Te enojaste por lo que te dije? ¿Tenía algo de malo acaso?

–¡Por supuesto!

–¡No seas solterona!

—Andate a la mierda, por favor. Dejame en paz.

—Perdoná. Si estás enojada, perdoname —una pausa—. ¿Qué pasó? ¿Te asustaste?

—¿Yo? ¿Por qué?

La desconocida se encogió de hombros y dijo:

—Si querés que me vaya a la mierda, me voy.

Fue el turno de Marcia de encogerse de hombros. Por supuesto, no quería ofender a nadie. ¿Pero ella qué culpa tenía?

—¿Creíste que era una broma?

La pregunta venía tan a cuento que se sintió en cierto modo conminada a responder. De otro modo se habría marchado sin más. Durante el breve diálogo anterior habían sucedido muchas cosas. Lo que había quedado más en claro era que no se trataba exactamente de una broma.

—Era una posibilidad —dijo—. Pero ahora no lo creo.

—Si te lo hubiera dicho un tipo, ¿lo habrías pensado? ¿Que era una broma?

—Un poco menos.

Lo dijo sin pensar, pero era la verdad. La otra hizo una mueca de desprecio.

—¿No creés en el amor?

—En el amor, sí.

—¿Y yo qué te dije?

—No tiene importancia. Chau.

Dio un paso.

—Esperá un momento. ¿Cómo te llamás?

—Marcia.

La desconocida se la quedó mirando, con su cara seria, neutra. Fue un silencio muy cargado, aunque nunca habría podido decir de qué. De todos modos, era de esos silencios que hacen esperar. Ni pensó en marcharse. No habría podido hacerlo, porque fueron unos segundos apenas.

–Qué hermoso nombre. Escuchame, Marcia, lo que te dije es cierto. Fue verte y quererte. Es *completamente cierto*. Todo lo que puedas pensar... es *verdad*.

–¿Cómo te llamás?

–Mao.

–"Mao", estás loca.

–¿Por qué?

–Porque sí.

–No. Decime por qué.

–No puedo explicártelo.

–¿No creés en el amor entre mujeres?

–Para decir la verdad, no.

–Pero ojo, Marcia, que no me refiero al amor platónico.

–Sí, de eso ya me di cuenta.

–¿Y no creés?

–¡Pero por qué me tenía que tocar a mí!

–Vos sabés por qué.

Marcia la miró con el mayor asombro en los ojos.

–Porque vos sos vos –se explicó Mao–. Porque sos la que yo quiero.

Era imposible hablar racionalmente con ella. ¿La otra sería igual? De algún modo Mao siguió su pensamiento, o su mirada, y procedió a una sumaria presentación:

–Se llama Lenin. Somos amantes.

La otra asintió con la cabeza.

–Pero no te confundas, Marcia. No somos una pareja. Somos libres. Como vos. Cuando te vi, ahí en la esquina, me enamoré. A ella podría haberle pasado lo mismo, y yo entendería.

–De acuerdo. Muy bien –dijo Marcia–. No es lo mío. Lo siento mucho. Adiós. ¿Ahora van a dejarme en paz? Me están esperando.

–¡No mientas! Dame un poco de tiempo. ¿No te gusta el sexo? ¿No te hacés...?

–¡Cómo querés que me ponga a hablar de eso con una desconocida en la calle! No me interesa el sexo sin amor.

–Me entendiste mal, Marcia. No hables de sexo porque no tiene nada que ver. Lo que yo quiero es acostarme con vos, darte un beso en la boca, mamarte esas tetas gordas que tenés, abrazarte como a una muñeca...

Marcia estaba demudada. Tomó la decisión de dar media vuelta y marcharse sin decir una palabra más, pero temió que le hicieran una escena.

–No soy lesbiana.

–Yo tampoco.

Una pausa.

–Mirá: quiero irme...

La voz le salió algo quebrada. Mao debió de creer que se estaba por largar a llorar y cambió abruptamente de actitud y tono de voz.

–No te lo tomes tan a la tremenda. No vamos a comerte. Yo jamás te haría nada malo, a vos. Porque te quiero. Es lo que estoy tratando de hacerte entender. Te quiero.

–¿Por qué decís eso? –preguntó Marcia en un susurro.

–Porque es verdad.

–Cualquier otra te habría mandado a la mierda.

–Pero vos no.

–Porque soy una estúpida. Perdoname, pero me quiero ir.

–¿Tenés novio?

¡Qué pregunta absurda, a esa altura!

–No.

–¿Ves? Otra me habría dicho: sí, es un levantador de pesas y está ahí en la esquina. Vos me dijiste la verdad.

–¿Y eso qué prueba? Que soy más estúpida de lo que yo misma creía, y no sé cómo sacármelas de encima.

–Escuchame, Marcia, ¿te resulta chocante que esté Lenin presente? ¿Querés que se vaya y hablemos las dos solas?

18

–¡No! No, la que quiero irme soy yo –lo pensó un instante–. ¿No te da vergüenza tratar así a tu amiga, a tu "amante" como vos decís?

–Yo haría lo mismo por ella, y mucho más. Muchísimo más. No te equivoques, Marcia, no somos un par de tortas.

–¿Hiciste una apuesta? –miró en la dirección por la que habían venido. La posibilidad se le acababa de ocurrir. Pero nadie las miraba.

–No digas pavadas. No soy tan miserable.

Se lo concedió. No sabía por qué, pero se lo concedió.

–Bueno... –sonrió. La conversación ya se había extendido bastante–. Fue un gusto conocerlas...

–Permitime una pregunta más, Marcia. Ya te hice tantas que una más no va a molestarte. ¿Sabés lo que es el amor?

–Creo que sí.

–¿Has estado enamorada?

–No.

–¿Puedo hacerte una pregunta más íntima?

–No. Muchas gracias por preguntar. No sos tan salvaje después de todo. Es como si no fueras una punk de verdad.

–¿Te interesaría si nos acostamos las tres juntas? –preguntó Lenin. Era lo primero que decía. Tenía una voz suave, agradable.

–¿Vos también? –dijo Marcia con desaliento.

Las dos punks hablaron entre ellas.

–¿Te gusta? –dijo Mao.

–Al principio no, pero ahora sí, un poco.

–Es tan distinta de nosotras.

–Ahora me gusta, podría enamorarme de ella.

A Marcia este intercambio no le molestó, al contrario, la hizo sentir casi a gusto por primera vez. Mao se volvió hacia ella con un gesto de determinación, como si hubiera pasado algo importante.

–Lenin es buena, es ardiente, me ha hecho gozar muchísimo. Siempre la escucho porque es inteligente, más que yo. ¿Oíste lo que dijo? Me ha confirmado. Es definitivo. Antes también era definitivo, pero yo no estaba tan segura. ¿Qué puedo hacer para convencerte?

Era una pregunta que pedía respuesta, una respuesta concreta. Marcia lo pensó.

—Dejame ir.

—No. Quiero lo contrario. Que me digas sí, que te eches en mis brazos. Pero así no vamos a ninguna parte. ¿Querés que charlemos, las tres, de cualquier cosa, no de amor, como amigas? ¿De qué hablan las chicas como vos? ¿Querés que veamos vidrieras? No digas que te están esperando, porque no es cierto. No te voy a hacer proposiciones. No podés negarte a pasar un rato.

—¿Para qué?

—Porque sí, para enriquecer un poco la vida, para conocer gente...

—No, digo para qué lo harías *vos*.

—No te voy a mentir: yo lo hago para ganar tiempo, porque te quiero y te quiero coger. Pero puedo postergar eso.

Marcia se quedó callada.

—¿Qué te cuesta? —dijo Mao.

De pronto Marcia se sintió libre, casi feliz.

—Bueno... —dijo vacilante—. Siempre quise conocer algún punk, pero nunca se había dado la oportunidad.

—Muy bien. Por fin sos razonable.

—Pero no abrigues esperanzas.

—Eso dejalo por mi cuenta.

—Y otra cosa: quiero que me prometas que si al final me despido y me voy, que es lo que voy a hacer, no me persigan y hagan escándalo. Más todavía: que me prometas que si ahora mismo me despido y me voy, no vas a mover un dedo.

—Escuchame, Marcia: sería muy fácil prometerte eso o

cualquier otra cosa. Pero no. No voy a hacer escándalo, ni hacerte nada malo, *nada*, te lo juro, pero tampoco voy a dejarte ir. ¿Sería amor si te lo prometiera? Es por tu bien. Además, vos misma decís que querías conocer punks. ¿Acaso vas a tener otra oportunidad? –al ver el gesto de impaciencia de Marcia levantó la mano pidiendo paz y agregó: –Volvamos a nuestro acuerdo. Hablemos de otra cosa.

–Vamos al Pumper –dijo Lenin.

Se largó a cruzar allí mismo, a mitad de cuadra, entre los autos, y en cierto modo las arrastró. No las atropellaron por milagro. Marcia miró de reojo a Mao, que iba distraída, como pensando en otra cosa. Le resultaba admirable que no hubiera sonreído en ningún momento; ella sonreía siempre, por nerviosismo, y detestaba el hábito.

Por dentro el local de Pumper Nic era una llama de luz blanca, con la calefacción al máximo. Entraron las tres juntas, o no del todo, en una fila irregular, Mao la última. ¿La rodeaban acaso, temían que se escapara? Nada de eso. Entraban como tres amigas, dos de un tipo, una de otro. Marcia se sentía tranquila y casi contenta. Dar por terminada la escena de enfrente le resultaba un alivio, era como si entraran en otra etapa, más normal y previsible. Atrajeron las miradas de todos los parroquianos, que no eran muchos; la gente siempre sentía curiosidad por los punks. Como las otras dos tomaron la delantera, Marcia tuvo oportunidad de contemplarlas, adaptándose a la atención ajena. Estaban de negro de los pies a la cabeza, pantalones negros livianos, Mao un saco negro de hombre sobre una camiseta de alguna tela pesada, rara, y zapatillas negras, Lenin campera de cuero raída y borceguíes sin cordones, todo negro, y las dos provistas de una cantidad de collares y colgantes metálicos de un gusto deplorable, y cadenas en la cintura y las muñecas. El pelo a medias rapado, a medias largo, negro y con mechones rojos, rojo ladrillo y violeta. Desafiantes, llevándose el mundo por delante, peligrosas (o así les gustaría creerse, a ellas). ¿Qué pensaría ese público ultranormal hecho de jóvenes, mayores y niños que comían hamburguesas y tomaban gaseosas? ¿Se sentirían invadidos, amenazados? No pudo evitar la pueril satisfacción de pensar que la envidiaban por estar con ellas, por tener acceso a su modo de ser y pensar, tan esotérico. Quizás pensarían que eran amigas de la infancia: unas habían tomado un camino en la vida, ella otro, y se reunían para intercambiar experiencias. O quizás pensarían (era más lógico, dentro de todo) que ella también era una punk, sólo que vestida y peinada de modo convencional. Apuró el paso para ponerse a la altura de las otras, no fuera que alguien se confundiera y creyera que sólo por casualidad habían entrado juntas. Había un empleado pasándole la lustradora al piso y ellas pisaron el cable, como si no existiera. Marcia no lo pisó; tan natural le resultaba evitarlo que la extrañeza de las otras se le hizo casi sobrenatural. Salvo que lo hicieran adrede, pero no parecía.

Al salón le seguía a la izquierda un largo corredor con mesas, que desembocaba en un segundo salón, donde en ese momento se desarrollaba un cumpleaños infantil. Sus guías de negro no fueron muy lejos por el pasillo. Antes de la mitad se sentaron en una mesa grande. Por suerte las de atrás y adelante estaban vacías. No había mucho riesgo de que las oyeran de todos modos, por la música y el estruendo de los chicos en el cumpleaños. Pero lo inconveniente era un automatismo en ellas: Mao, con la espalda apoyada contra la pared, puso los pies en el asiento; había quedado sola de un lado porque Marcia se sentó enfrente, al lado de Lenin; debía de ser una fatalidad que le diera la cara para hablar, y no la discutió. Lo primero que dijo Marcia, ya mientras estaba sentándose, fue algo instintivo:

–El pedido hay que hacerlo en el mostrador.

–Qué mierda me importa –dijo Mao.

Marcia advirtió que había exagerado ante sí misma el giro hacia lo normal de la situación. Entrar al Pumper Nic, en grupo, como hacían las colegialas del barrio, le había hecho creer que se disponían a hacer lo que hacían todos, aunque más no fuera para usarlo como fondo a una explicación. Pero no había tal cosa. No tenían intención de pedir nada, y era de esperar. Los punks no hacían consumiciones corrientes. Recordó haberlos visto tomando del pico botellas de cerveza de litro en los zaguanes.

–Nos van a echar si no tomamos nada –dijo.

–Me gustaría que se atrevan a decirme una palabra –dijo Mao, echando una mirada de infinito desprecio a su alrededor.

–Dijimos que no iba a haber escenas.

Las otras dos la miraron con expresión neutra y seria. Esa expresión, que no expresaba nada, era violencia pura. Ellas eran la violencia. Eso era inescapable. Obtener una audiencia con dos punks no era tan gratuito como podía haberse imaginado en su distracción. No era como con cualquier otro espécimen raro de la sociedad, con el que se podía disponer una escena favorable para hacerle un interrogatorio. Porque ellas mismas eran las escenas. Se resignó: nunca antes había pisado este Pumper, y no tendría inconvenientes en no volver, si las echaban.

Pero la llamada Mao había tenido una idea, y no se la guardó:

–¿Vos querés tomar algo, Marcia? ¿Una coca, una cerveza?

Eso tenía su lado cómico. La invitaba a "tomar algo", seguía los pasos clásicos del cortejo.

–¿Se puede saber de qué carajo te reís, *Marcia?*

–Me acordé de un chiste buenísimo que le escuché a Porcel la otra noche. En ese sketch en que hace de diarero. Viene el viejito español y le cuenta que una vez estuvo en la fiesta de San Fermín. Soltaron los toros, y él se echó a correr. Él corría y un toro venía atrás, él adelante, el toro atrás... Al llegar a una esquina, pasaba el rey. Y él, como buen súbdito, le hizo una reverencia... Y el toro... Y el gordo le pregunta: ¿Así nomás? ¿Sin invitarlo a tomar una copa antes?

Soltó la risa, a la que las otras no se unieron. No sonrieron siquiera.

–¿Quién es Porcel? –preguntó Lenin.

–¿No conocen al gordo Porcel?

–Es un tipo que actúa en la televisión –le explicó Mao a Lenin.

–¿Y es gordo? El nombre debe querer decir "porcino".

–Por pura curiosidad –dijo Marcia–: ¿entendieron el chiste?

–Sí –dijo Mao–. El toro le metió un cuerno en el culo. Si eso es un chiste...

–La gracia estuvo en la ocurrencia, en la improvisación. En fin. Yo no sé contar chistes.

Mao soltó un suspiro y se enderezó frente a ella, como si se resignara a hablar de un asunto demasiado banal:

–Lo contaste muy bien. Pero es muy difícil que algo así cause gracia, Marcia. Vos debés de contarte muy bien los chistes a vos misma, porque siempre estás riéndote.

–Me río por nerviosidad, no porque esté divertida. No sólo ahora: siempre. Admiro a la gente que puede mantenerse seria por más cosas horribles que les pasen.

–Eso es una paradoja. Sos muy inteligente, Marcia. Da gusto hablar con alguien inteligente, para variar.

–¿No tienen amigos inteligentes?

–Yo no tengo amigos.

–Yo tampoco –dijo Lenin.

Prefirió cambiar de tema:

–¿En serio no ven televisión?

No hubo ni siquiera una respuesta. Mao había retomado su postura negligente. Realmente se estaba retrasando el supervisor que viniera a decirle que sacara los pies del asiento, que las echara directamente si no iban a tomar nada. Marcia se había sentado de espaldas al salón, así que no veía los preparativos que con seguridad se hacían para su expulsión.

–Sea como sea –dijo Mao–, no podríamos invitarte porque no tenemos plata.

–Yo sí tengo. Pero no sé si me alcanza para comprar cerveza, o hamburguesas. Aquí es caro...

Se detuvo al notar que sus palabras caían en el vacío. Hubo un silencio.

–Gracias, *Marcia*, no te molestes.

–¿Por qué siempre estás repitiendo mi nombre?

–Porque me gusta. Me gusta más de lo que podría explicarte. Es el único nombre idiota de los que les ponen a las mujeres que me gusta, y acabo de descubrirlo.

–¿No te gusta ningún nombre? –le preguntó Marcia bloqueando con la pregunta la nueva declaración de amor que veía venir.

–Ninguno. Son ridículos.

–¿Cómo se llaman ustedes? De verdad.

–Nada. Mao. Lenin.

–¡Y te parecen ridículos los nombres corrientes! Yo diría que ustedes se llaman... Amalia... y Elena. Qué curioso, son mis dos nombres favoritos. Y yo también lo acabo de descubrir.

–No nos llamamos así –le dijo Lenin-Elena, como si Marcia se hubiera propuesto de veras adivinar.

Pero Mao-Amalia tuvo de pronto un gesto alerta y la hizo callar desde el otro lado de la mesa.

–¿Te gustaría que nos llamáramos Amalia y Elena? Porque si es así podés darlo por hecho. Para nosotras no tiene la menor importancia.

–¿De veras? ¿Se cambian de nombre todos los días, a gusto? ¿El nombre que prefiere cualquier persona con la que estén?

–No. En ese caso elegiríamos el nombre que más repugnancia le diera a esa "persona", como decís vos.

Era Lenin la que había hablado, y lo hizo con un dejo de ironía que era refrescante sobre el fondo de la seriedad mortal que ponían en todo. A ésta volvió Mao en su siguiente declaración:

–Lo que no quiere decir que no podamos cambiar de nombre tantas veces como se nos dé la gana. Más te digo, Marcia, a partir de mañana nosotras dos, Lenin y yo, vamos a llamarnos "Marcia". ¿Qué te parece?

–¿Por qué a partir de mañana? –preguntó Marcia.

–Porque mañana va a ser una fecha importante en nuestras vidas –le respondió, críptica.

Se quedaron en silencio un momento. Mao la miraba fijo. Marcia apartó la vista, pero no antes de notar algo muy extraño, que por el momento no supo qué era. El silencio se prolongó, como si las tres hubieran pensado lo mismo, y ninguna supiera qué era. Al fin Mao, como quien cumple con un deber penoso, aunque con amabilidad, se dirigió a Marcia:

–¿Qué querías saber de nosotras?

Marcia no pudo empezar a pensar qué preguntas quería hacerles porque en ese momento se materializó al lado de la mesa la supervisora del Pumper, una rubia teñida de camisa blanca y minifalda gris:

–Si no van a consumir nada no pueden quedarse.

Marcia se disponía a decirle que justamente iba a ir a pedir un helado (la idea se le ocurrió en ese instante) pero se quedó con la boca entreabierta sin proferir un sonido porque Mao se le adelantó:

–Te vas a la puta madre que te parió.

La supervisora se quedó alelada. Aunque, pensándolo bien, ¿qué otra cosa podía esperar? Parecía una mujer enérgica; era muy atractiva, de unos veinticinco años, la clase de mujer, diagnosticó Marcia, que no se deja llevar por delante.

–¡¿Qué?!

–Que te vayas a la mierda y nos dejes en paz. Tenemos que hablar.

–Empezá sacando el pie del asiento.

Mao puso los dos pies sobre el asiento y los restregó con fuerza.

–¿Te gusta así? Ahora dejanos tranquilas. Fuera.

La supervisora dio media vuelta y se alejó. Marcia estaba atónita. No podía menos que admirar a las punks. En teoría, no ignoraba que el prójimo era susceptible de un tratamiento de máxima; pero en la práctica, nunca lo había intentado, ni era algo que entrara en sus planes. Se dijo que en el fondo la realidad era más teórica que el pensamiento.

Cuando volvió en sí de esta momentánea reflexión fue como si el Pumper hubiera cambiado de naturaleza. No era la primera vez que tenía ese sentimiento desde que las dos chicas se habían dirigido a ella en la esquina de enfrente, menos de un cuarto de hora antes: el mundo se había transformado una y otra vez. Parecía un rasgo permanente del efecto que le producían. Lo lógico sería pensar que el efecto se agotaría a la larga; nadie es una caja perpetua de sorpresas, y a pesar de la extrañeza de estos dos ejemplares, bien podía adivinar debajo de ellas un fondo muy escaso, la vulgaridad de unas chicas extraviadas representando un papel; cuando la función terminara no quedaría nada, ningún secreto, serían aburridas como la hora de Química... Pero también podía pensar lo contrario, aunque todavía ignoraba por qué; quizás el mundo, cuando se transforma una vez, ya no puede dejar de cambiar.

—Espérenme un minuto –dijo levantándose–. Voy a pedir un helado. Así no van a jodernos más.

—Si es por eso –le respondió Mao– no te molestes, porque nadie te va a joder. Nosotras nos ocupamos.

—Pero es que *quiero* tomar un helado –dijo, mintiendo sólo a medias–. ¿Ustedes no quieren?

—No.

Fue al mostrador de adelante. Tuvo que esperar un rato a que la chica que atendía sirviera varios cafés y tés con porciones de torta. Estaba al lado de la puerta, y nada habría sido más fácil que salir, correr hasta la esquina, o tomar un ómnibus... Allá adentro, las otras dos no la miraban. Pero no quería escapar. O mejor dicho, quería, pero no sin antes saber más sobre ellas. De modo que esperó pacientemente a que le tocara el turno, pidió un helado bañado en chocolate y volvió con él en una bandejita. De pronto le habían venido en serio ganas de tomarlo. Un helado en invierno acentuaba las cosas; y una verdad a medias vuelta verdad plena las acentuaba mucho más. Pasó a su lado la supervisora que las había interpelado, apurada, ocupada, y ni la miró. Era como si todos ya estuvieran pensando en otra cosa, y seguramente era lo que hacían; después de todo, al cabo de un cierto tiempo, todos pensaban siempre en otra cosa. Sumada al helado, la idea la reconfortó. Se sentó con sus amigas y lo probó.

—Delicioso –dijo.

Las otras dos la miraban distraídas, como desde una gran distancia. ¿Ellas también estarían pensando en otra cosa? ¿Se habrían olvidado de sus intenciones? Marcia raspó la cobertura de chocolate con cierta inquietud, pero no tuvo que esperar mucho para volver a entrar en materia.

—¿Qué querías preguntarnos, Marcia? —le recordó Mao.

—Nada en especial, para ser sincera. Además, no creo que puedan responderme. Las preguntas y respuestas en general no son el medio más seguro para llegar a saber las cosas.

—¿Qué querés decir?

—En términos abstractos, me gustaría saber qué piensan los punks, por qué se hacen punks, todo eso. Pero yo a mi vez me pregunto: para qué quiero saberlo, a mí qué me importa.

Todo eso era muy lógico, muy racional, y podría haber seguido largo rato en esa línea, hasta "marcizar" toda la situación. ¡Qué ilusa! Mao se encargó de desinflar el globo de un solo pinchazo.

—Qué boluda sos, Marcia.

—¿Por qué? —se corrigió de inmediato (se corrigió porque era incorregible)—: Sí, soy boluda. Tenés razón. Debería hacerme punk para saber lo que es, y para saber por qué quiero saber.

—No —la interrumpió Mao con una risita sarcástica sin ningún humor—. Estás completamente equivocada. Sos mucho más boluda de lo que vos misma creés. Nosotras no somos "punks".

—¿Qué son entonces?

—Jamás lo entenderías.

—Además —intervino Lenin suavemente, con su modalidad menos cortante que la otra—, ¿no te parece absurdo pensar siquiera en la posibilidad de volverte punk, *vos*? ¿No te has mirado en el espejo?

–¿Lo decís porque estoy... excedida de peso? –preguntó Marcia herida y mostrándolo en los ojos a pesar suyo.

Lenin pareció casi a punto de sonreír:

–Todo lo contrario...

–Todo lo contrario –repitió Mao con ardor–. ¿Cómo podés no darte cuenta?

Esperó un instante, y el desconcierto de Marcia quedó flotando en el aire.

–Tenías razón –le dijo Lenin a su amiga–: es increíblemente boluda.

Marcia comió una cucharadita de helado. Se sintió disculpada para cambiar de tema.

–¿Qué quiere decir que no son punks? –la única respuesta fue un chasquido de lengua por parte de Mao–. Por ejemplo, ¿no les gusta The Cure?

Esfinges. Lenin condescendió a preguntar:

–¿Qué es eso?

–La banda inglesa, los músicos. *A mí* me gusta. Robert Smith es un genio.

–Jamás los oí.

–Es ese cretino –dijo Mao– que se pinta los labios y se empolva la cara. Lo vi en la tapa de una revista.

–Qué pelotudo.

–Pero es teatral –balbuceó Marcia–, es... la provocación, nada más. No creo que se pinte porque le guste. El look es parte de la filosofía que él representa...

–Igual es pelotudo.

–¿Prefieren el heavy metal?

–No preferimos nada, Marcia.

–¿No les gusta la música?

–La música es idiota.

–¡¿Freddy Mercury es idiota?!

–Por supuesto.

–Qué nihilistas son. No creo que lo piensen en serio.

Mao entrecerró los ojos y no dijo nada. Marcia volvió a la carga:

–¿Qué les gusta entonces?

Mao entrecerró más todavía los ojos (ya casi los había cerrado) y siguió sin decir nada. Lenin en cambio suspiró y dijo:

–La respuesta que estás esperando es "nada". Pero no vamos a decir "nada". Tendrás que seguir haciendo preguntas, aunque creas que no conducen a ninguna parte.

–Me rindo.

–Felicitaciones –le dijo Mao. Se relajó y abrió los ojos para mirar a su alrededor–. Qué abyecto es este lugar. ¿Sabés una cosa, Marcia? En los locales como éste, atendidos por chicas, que deben ser solteras porque si no no las toman, siempre hay por lo menos una embarazada. Siempre hay por lo menos una tragedia en marcha.

"Son feministas", pensó Marcia mientras la otra estaba hablando. Fue una pequeña conclusión automática que la decepcionó un poco. Alzó la vista del helado y se encontró con la mirada de una de las chicas de uniforme que estaba pasando el escobillón. Las examinaba con curiosidad, sin disimularlo. Era una chica muy joven, casi como ellas, bajita, rubia y regordeta, sonrosada, con cara ingenua de campesina europea. Marcia sintió una cierta inquietud bajo su examen. Porque esa chica se parecía extraordinariamente a ella, eran del mismo tipo. Habría querido, en un impulso irracional, ocultarla a la vista de sus amigas. La desvalorizaba; ellas podían darse cuenta de que no era la única cortada sobre ese molde. Pero las punks estaban pensando en otra cosa, la habían visto y no habían notado el parecido (no había parecido, en realidad, era más bien la pertenencia a un mismo tipo). Mao le dijo:

—Ahora vas a ver —y llamó a la chica, que se acercó al instante—. Quedé en traerle —le dijo— una batita y unos escarpines a una piba que trabaja aquí que está embarazada, pero no me acuerdo el nombre. ¿Cuál es?

—¿Embarazada?

—Sí. ¿Sos sorda, gorda conchuda?

—La que está embarazada es Matilde.

—¿...?

—Una morochita, alta.

—Sí, es ésa —mintió Mao.

—Está en el turno de la mañana. Ya se fue. Tenemos tres turnos, es una rotación...

—Qué mierda me importa. Gracias. Chau.

—¿Querés dejarle las cosas?

—¿Para que me las roben? No. Andate nomás. Aire.

La chica habría prolongado con gusto la conversación. No parecía para nada ofendida por los modales bruscos de Mao.

—¿Cómo la conociste?

—¡Qué carajo te importa! Tomátelas que tenemos que hablar.

—Está bien. No te enojes. Vos me hiciste una pregunta.

—¿Cómo te llamás? —le preguntó Lenin.

—Liliana.

—¿Cuánto ganás?

—El básico.

—Qué boludas son —dijo Mao—. No entiendo para qué trabajan.

—Yo trabajo para ayudar a mi familia. Y además estudio.

—¿Qué?

—Medicina.

—Pero no me hagas reír. Seguí barriendo, doctora —dijo Mao.

—Tengo que terminar el secundario.

–Sí, por supuesto. Y la primaria.

–No, la primaria la terminé. Estoy en tercero. Salgo de aquí y voy al colegio, al nocturno. Yo me sacrifico para salir adelante. El problema de este país es que nadie quiere trabajar.

Mao se enderezó en su asiento y miró de frente a Liliana.

–No sabés el asco que me das. Tomátelas, que no quiero pegarte.

–¿Por qué me vas a pegar? Además, yo me defendería. Tengo un carácter fuerte.

Todo lo decía con una humildad de sonámbula. Parecía medio idiota, medio simple. En una cosa no se parecía a Marcia: no sonreía. Siguió barriendo y se alejó, pero como diciendo: enseguidita vuelvo.

–Qué boluda –comentó Lenin.

–¿Por qué? –dijo Marcia–. Debería haber muchas como ella. Trabaja, estudia... Deberíamos haberle preguntado si tiene novio.

–¡Pero no te diste cuenta que es deforme! ¡Quién se va a coger a semejante monstruo!

Marcia iba de sorpresa en sorpresa. De la sorpresa pasaba a la sorpresa dentro de la sorpresa. No sólo Liliana no le había parecido deforme (por el contrario, le había encontrado esa normalidad profundamente segura de sí misma que se da en la gente de pocas luces) sino que además la había visto como un duplicado de ella misma. Marcia era típicamente joven en tanto no concebía el amor sino como una cuestión de tipos generales; uno se enamoraba de un conjunto de características que se reunían en un individuo, y también podían reunirse en otro. Sólo había que encontrar al que las tuviera. Eso es el amor para los jóvenes, y por eso los jóvenes son tan inquietos, tan sociables, por eso buscan tanto; porque el amor puede estar en cualquier parte, en todas; el mundo entero es amor para ellos.

Pero si las punks no se habían enamorado del tipo que ella encarnaba... ¿de qué, entonces? ¿Dónde estaba la clave? Mao le había dicho que la había estado esperando, que había sido todo verla y saber que era la que amaba. Eso quería decir que sabía cómo era, cómo debía ser. Y ahora resultaba que no era así.

En medio de su incertidumbre, emprendió la defensa de Liliana:

—Estás equivocada —le dijo a Mao—. No es deforme, no es fea, y apostaría a que sí tiene novio. No, no la llames —dijo viendo un movimiento de la otra—. No importa lo que ella pueda decir. Decí la verdad: ¿no es bonita, a su modo? Es infantil, es medio tonta, pero hay decenas de chicos a los que les gusta ese tipo. Puede despertar el deseo de protegerla, por ejemplo...

—A mí me despierta el deseo de aplastarla como a un bicho.

—¿No ves? Hay gente que se casa por menos que eso —hizo una pausa, y se arriesgó más—: Justamente, es mi única esperanza de no quedarme solterona. ¿No notaron que tiene el mismo tipo que yo?

La mirada que le dirigió Mao le heló la sangre. Tuvo el terrorífico sentimiento de que le había estado leyendo el pensamiento todo el tiempo. Más todavía: que la había llevado deliberadamente a ese punto, que todo había sido una maniobra sádica. Se apresuró a cambiar de tema.

—¿Por qué tanta agresividad? ¿Por qué la trataron tan mal, y la amenazaron, si ella parecía tan amable?

—Nadie es amable en el fondo —dijo Lenin (su amiga parecía reservarse para otras aclaraciones más importantes).

—Eso es un preconcepto. Nadie va a ser amable *con ustedes*, si piensan y actúan así. Hay que ser más optimista.

—No digas boludeces —dijo Mao, quien al parecer consideraba que el momento de las aclaraciones importantes había llegado–. Estás actuando. Estás imitando a esa pobre infeliz. "Yo me sacrifico..." A esa clase de gente hay que destruirla.

–¿Por qué?

–Porque sufre. Para que no sufra más.

–Pero ella no sufre. Quiere ser médica, quiere ser feliz. Es... inocente. Me pareció muy buena y dulce. Si yo pudiera, la ayudaría, en lugar de insultarla como hicieron ustedes. Ella cree que la gente es amable en el fondo, y debe de seguir creyéndolo a pesar del modo en que ustedes la trataron.

–Que crea lo que quiera. Pero yo estoy segura de que me clavaría un cuchillo en la espalda si tuviera la oportunidad.

–No, no creo.

–Si se atreviera, sí. Yo la única ayuda que le daría con gusto sería enseñarle a dar puñaladas por la espalda. Eso le sería más útil que ser médica.

–Creo entender algo, un poco –dijo Marcia–. Ustedes querrían que reine el mal en el mundo. Querrían destruir la inocencia.

–No digas pavadas.

–No queremos nada –dijo Lenin.

–¿Nada?

–Nada de eso. Es todo inútil.

¿Inútil? Eso le daba una pista, que siguió:

–¿Quiere decir que hay otras vías, otras acciones, que sí son útiles? ¿Cuáles son?

–Cómo hinchás las bolas con tu palabrerío –dijo Mao–. Ahí tenés un gran ejemplo de inutilidad.

–¿Y qué es útil entonces? ¿Para qué sirve vivir? Díganmelo, por favor.

–Estás representando a Liliana. Hasta que no vuelvas a ser vos misma no te voy a hablar.

Era verdad, en cierto modo. Salvo que Marcia no creía poder avanzar (y no sólo en esta ocasión: siempre) si no era cambiando de papel, haciendo personajes. De otro modo se metía en callejones sin salida, se precipitaba al abismo, la paralizaba el miedo. En este momento se le ocurrió que quizás ese miedo era algo que había que mirar de frente, algo que aceptar. Ésa podía ser la lección del nihilismo punk. Pero no lo creía; por un lado, sus dos acompañantes negarían que tuvieran ninguna lección que proponerle; por otro, ellas mismas, disfrazadas como estaban, eran un mentís a esa moral. Aunque no era tan descabellado, dentro del clima de transmutación de todos los valores en el que se movían.

–De acuerdo –dijo–. Pero antes de abandonar mi papel de Liliana, quiero decir una cosa: yo me identifico con ella por la inocencia. No importan las pelotudeces que pueda decir, ni la lástima que pueda dar, ella es inocente, y yo querría serlo tanto como ella, y probablemente lo soy. Ustedes dicen que nadie se la cogería. Están completamente equivocadas, pero da lo mismo. Supongamos que es virgen... como yo –hizo una pausa. Si eso no era el abismo, se le parecía bastante. No hubo comentarios–. Cuando ustedes me interpelaron, yo estaba paseando en un mundo donde la seducción era muy discreta, muy invisible. Todo lo que se decía y pasaba en la calle eran signos seductores, porque el mundo seduce a la virgen, pero nada se dirigía a mí por mi nombre. Y entonces aparecieron ustedes, con esa brutalidad: ¿querés coger? Fue como si la inocencia se personificara, no exactamente en ustedes ni en mí, sino en la situación, en las palabras (no puedo explicarlo). El mundo antes estaba hablando y no decía nada. Después, cuando lo dijo, la inocencia se sacó la máscara. Ahora fíjense en Liliana. Ella vino a representar lo mismo, y a veces una puede pensar que las casualidades no existen. Ella habla de su vida como si fuera lo más natural, es otra forma de tomar la palabra, más violenta si se quiere que la de ustedes. Yo creí en un primer momento que ella me hacía palidecer a mí, por contraste, pero en realidad es a ustedes a las que disminuye. Aunque en el fondo es la misma inocencia, y esa inocencia es lo único que yo puedo entender.

–Eso quiere decir que no entendés nada –la interrumpió Mao con un gesto de asco más bien distante, que le era característico–. No hay nada más que decir.

–¡No entiendo por qué se niegan a razonar!

–Ya lo entenderás, te lo prometo. ¿Terminaste?

–Sí.

–Me alegro. Hablemos de otra cosa.

Se quedaron calladas un momento. El Pumper había empezado a llenarse, lo que resultaba tranquilizador para Marcia porque se perdían mejor en la muchedumbre. Pero si se ocupaban todas las mesas, y ya parecían cerca de ese punto, vendrían a echarlas. El helado mientras tanto se había terminado. Como si fuera una cábala para impedir que sobreviniera la interrupción, Marcia se apresuró a plantear otra inquietud, que le pareció productiva:

–Hoy hace un rato, allí enfrente, ¿ustedes estaban con alguien?

–No. Ya te dije que estábamos solas.

–Como había una concentración de gente...

–Nos habíamos metido entre esos boluditos a ver si nos levantábamos a alguno, pero no conocíamos a nadie y no tuvimos tiempo de elegir, porque apareciste vos...

La información daba algunos elementos interesantes, pero parecía pensada a propósito para que esos elementos fueran de la clase de los que Marcia prefería no indagar. De modo que siguió la misma dirección que había tomado antes.

–¿Pero pertenecen a algún grupo?

–¿Qué quiere decir eso?

–Me refiero a algún grupo de punks.

–No –dijo Mao subrayando venenosamente cada palabra–. No estamos en ninguna murga.

–No lo decía en sentido peyorativo. Uno siempre tiende a asociarse con gente que comparte sus ideas, sus gustos, su modo de ser.

–¿Como vos y Liliana, por ejemplo? ¿Pertenecés a algún grupo de inocentes?

–No tergiverses lo que quiero decir. Y no se hagan las que no entienden. Aquí y en todas partes del mundo los punks se agrupan y se apoyan entre sí en su rechazo a la sociedad.

–Felicitaciones por tu erudición. La respuesta es no.

–¿Pero conocen a otros punks?

Le gustó su propia pregunta. Debería haberla hecho al principio. Era una trampa perfecta. Era como si a alguien le preguntaban si conocía otros seres humanos. Si le respondían por la negativa, que era obviamente lo que querían hacer, pondrían de manifiesto su mala fe. No sabía qué beneficio podía reportarle, pero al menos tendría una respuesta.

Mao volvió a entrecerrar los ojos. Era demasiado inteligente para no ver toda la dimensión de la celada. Pero no daría el brazo a torcer. Eso nunca.

–¿Qué importancia tiene? –dijo–. ¿Por qué te empeñás en hacernos hablar de lo que no queremos?

–Hicimos un pacto.

–Está bien. ¿Qué habías preguntado?

Marcia, implacable:

–Si conocen otros punks.

Mao, a Lenin:

–¿Vos conocés a alguno?

–A Sergio Vicio.

–Ah, sí, cierto, Sergio... –se volvió a Marcia–. Es un conocido nuestro, ahora hace mucho que no lo vemos, pero es un excelente caso. Es una pena que no llevemos encima una foto de él. Tocaba el bajo en una banda, estaba siempre drogado, y era muy buen chico, y debe de seguir siéndolo, aunque un poco loco, desconectado. Cuando habla, cosa que hace muy de vez en cuando, no se le entiende nada. Una vez le pasó algo de lo más curioso. Una señora muy rica fue a una fiesta, y entre otras cosas llevaba encima unos pendientes de orejas con cuatro esmeraldas cada uno, grandes como pocillos de café. De pronto se dio cuenta de que le faltaba uno de los pendientes; aunque dieron vuelta todos los divanes y alfombras, no lo encontraron. Como costaba millones, y las señoras ricas son muy apegadas a sus cosas, que siempre cuestan millones, hubo un buen escándalo, que hasta salió en los diarios. Los invitados hicieron consenso para que fueran revisados al salir, pero el embajador de Paraguay, que estaba presente, se negó, y la requisa no se hizo. Por supuesto, fue el principal sospechoso. La cancillería tomó cartas en el asunto, y el embajador terminó llamado de vuelta a su país y destituido. Un año después, la señora fue a una fiesta en Palladium. Cuál no sería su sorpresa al ver en la pista de baile a Sergio Vicio, con las cuatro esmeraldas colgando de una oreja. Sus guardaespaldas fueron de inmediato a buscarlo y se lo trajeron en andas. Ella estaba con un coronel, con el ministro del Interior, con Pirker y con la señora de Mitterrand. Pusieron una silla extra y sentaron a Sergio Vicio. Como la conversación en la mesa se había desarrollado en francés, la señora le preguntó si hablaba esa lengua. Sergio dijo que sí. "Hace un tiempo", le contó ella, "perdí un pendiente idéntico al que tienes tú. Me pregunto si será el mismo." Sergio la miraba, pero no la veía (ni la oía). Había estado bailando dos o tres horas sin parar, cosa que hace con frecuencia porque adora el baile, y la interrupción súbita del movimiento le había causado un desequilibrio de presión. Era la primera vez que le pasaba porque siempre, por instinto, dejaba de bailar gradualmente, y después salía a caminar hasta el amanecer. El efecto de este accidente fue que perdió la visión; todo se le fue cubriendo de puntitos rojos, y no vio nada. Eso se llama "hipotensión ortoestática", pero él no lo sabía. Otros síntomas que acompañan a la pérdida de la visión son la náusea, que él no sintió porque hacía dos o tres días que no probaba bocado, y el vértigo, al que estaba tan habituado por su experiencia con la mandanga que lejos de molestarlo o alarmarlo, lo entretuvo durante el resto de la escena, que pasó meciéndose en el espacio cósmico. La señora, un as en el manejo de los dedos, le desprendió el pendiente de la oreja en lo que pareció un pase de magia. Ahora bien, esa noche, en esa fiesta, que se daba en honor de los músicos de la ORTF de visita en el país, Palladium inauguraba un sistema de luces de radiación de quark, lo más moderno de la tecnología. Y las encendieron precisamente en ese momento. En la mesa estaban tan distraídos con la presencia de Sergio Vicio que no oyeron el anuncio que se hizo por los parlantes. Cuando la señora le hubo sacado de la oreja el pendiente y lo levantó sosteniéndolo por el ganchito para que lo vieran los demás, empezó a decir "Estas esmeraldas..." Fue todo lo que alcanzó a pronunciar porque las nuevas luces, traspasando las piedras, las volvieron transparentes como el más puro cristal, sin el menor rastro de verde. Se quedó boquiabierta. "¿Esmeraldas?" dijo la señora de Mitterrand, "¡pero si son diamantes! ¡Y qué agua! Nunca vi semejantes." "¡Qué van a ser diamantes!", dijo Pirker, "de dónde los iba a sacar este vaguito. Son caireles de la araña de la abuela, atados con alambre." La dueña, paralizada, abría y cerraba la boca como un pez anuro. Y en ese momento ya sonaban las primeras notas de Pierrot Lunaire. Nada menos que Boulez estaba en el escenario, y la fantástica Helga Pilarczyk como recitante. La atención de los personajes se desplazó a la música. Ninguna esmeralda vuelta diamante podía compararse con las notas lívidas de la obra maestra. La más elemental elegancia dictaba la supremacía de la música sobre las gemas. La señora, con movimientos de autómata, un movimiento que duplicaba invirtiendo el anterior, colgó la joya del lóbulo de Sergio Vicio y vio en angustiado silencio cómo sus guardaespaldas, interpretando mal las cosas, lo alzaban en vilo y lo llevaban de vuelta a la pista de baile, donde volvió a moverse, indiferente a la música, hasta recuperar la visión y salir a caminar, siempre con el piloto automático. Y ella nunca volvió a ver sus esmeraldas.

Silencio.

Marcia estaba enajenada. Era la primera vez en su vida que oía un relato bien contado y le había parecido sublime, una experiencia que compensaba todas las zozobras de la reunión.

–Es... maravilloso –balbuceó–. Sé que debería felicitarte, pero no encuentro las palabras. Me has sorprendido mucho más de lo que podría expresar... Me sentí transportada mientras hablabas, fue como si lo viera todo...

Mao hizo un gesto de impaciencia. Para Marcia era una experiencia tan nueva que no pudo sino pensar en las reglas de la etiqueta que debían de regir en estos casos. Debía descubrirlas por sí sola, y rápido, sobre la marcha. Por lo pronto, comprendió que era improcedente seguir haciendo elogios a la forma; esos elogios debían transmitirse de modo implícito en sus comentarios sobre el contenido. Pero, en su deslumbramiento, fondo y forma se confundían; cualquier cosa que intentara decir sobre el primero recaería inevitablemente sobre la segunda. Lo más práctico, y lo que le venía con más naturalidad, eran preguntas, dudas. ¿Qué pasó después con Sergio Vicio? ¿Y con el pendiente? ¿Cómo había entrado a esa fiesta en Palladium? ¿Ellas dos, Mao y Lenin, habían ido allí alguna vez? Marcia por supuesto no había pisado jamás la famosa discoteca. Era probable que los punks tuvieran entrada franca, aun en las ocasiones más importantes, para dar color local, como parte de la decoración. Para ella Palladium tenía todos los matices de un lugar soñado, y no le sorprendía que allí se encontrara toda esa gente importante y famosa... Era casi otro mundo, pero que tocaba a éste por la tangente fantástica del relato... ¿Acaso sus amigas habían estado en Palladium *aquella noche*? ¿Cómo se habían enterado de lo que pasó? Eso era lo importante, y de eso se trataba en cierto modo la anécdota del pendiente...

Comenzó a hacerles las preguntas, que ellas parecieron encontrar fuera de lugar. ¿Quiénes eran esos músicos que había mencionado? El único que le sonaba conocido era el llamado Pierrot, creía recordar que había tocado con Tom Verlaine en televisión. El arte de Mao como narradora la había transportado, de la fluorescencia plebeya del Pumper, a las sombras del sueño atravesadas por esa luz lunar, y hasta había creído oír una música nunca oída antes, algo que podía ser más hermoso todavía, aunque resultaba inconcebible, que The Cure y los Rolling Stones...

Pero ninguna de las preguntas llegó a la respuesta porque se había materializado junto a la mesa una segunda supervisora, terrible y amenazante, y no hubo más remedio que tomarla en cuenta. Era justamente la clase de persona que había que tomar en cuenta. Sobre todo porque repetía a la primera supervisora acentuando cada uno de sus rasgos: era más alta, más teñida, tenía la minifalda más corta, era más linda, más severa, más decidida. Si la otra parecía de las que no se dejan llevar por delante (ése debía de ser el requisito para el puesto), ésta ya era el prototipo del carácter fuerte, de la iniciativa enérgica.

–Fuera.

Su voz tampoco dejaba lugar a dudas. Marcia de buena gana se habría levantado y se habría ido. Miró a Mao, cuya mirada se levantaba sin apuro hacia la intrusa como el desenroscarse letal de una cobra. Ésta era una oponente digna de ella. Había pasado la etapa de las Lilianas. El establecimiento reservaba la artillería pesada para el final.

–¿Qué te pasa?

–Tienen que irse.

–¿Qué? –era realmente como si volviera de un sueño–. ¿Qué...? ¿Quién sos?

–La supervi...

De pronto Lenin tenía una navaja abierta en la mano, la hoja en punta, afiladísima, de veinte centímetros de largo. Marcia palideció; Lenin estaba sentada junto a ella, del lado de la pared; si iba a haber un ataque, ella le bloqueaba la salida. Pero no daba la impresión de que se fuera a llegar a tanto. Mao miró a su amiga y le dijo:

–Guardá eso, no es necesario.

–¿Quieren que llame a la policía? –dijo la supervisora amagando con alejarse.

Mao se tomó su tiempo para responder:

–Tenés una cara de hija de puta que no se puede creer.

–Querés que llame a la policía.

–Sí. Andá, por favor, llamala.

Todo esto era dicho en un más allá de la violencia, observó Marcia, que descubría una dimensión nueva en las punks, y también, otra vez, en el mundo. Se trataban de potencia a potencia, seguras de su fuerza, y hasta del equilibrio de sus fuerzas, en un nivel desmesurado. En estos enfrentamientos el triunfo correspondía a quien tuviera un arma secreta, y era obvio que, de las dos, era Mao la que la tenía.

—Estuvieron amenazando a una de las chicas... —dijo la supervisora.

—¿A qué chica? ¿A Liliana? Pero si es amiga nuestra.

Ligeramente desconcertada, la supervisora miró a Marcia, que asintió. Era un punto a favor, lástima que Mao lo echó a perder de inmediato:

—Estamos esperando que termine su turno para ir a coger. ¿Algún problema?

—¿Me estás tomando el pelo, roñosa?

—No, guacha de mierda. Liliana es torta, y muy contenta de encamarse con nosotras. ¿Querés reprimirla?

—Ahora mismo le voy a preguntar.

—¿Y te creés que te va a decir la verdad? Además de hija de puta sos boluda.

—Liliana sale a las diez, y no se van a quedar horas aquí.

—Nos vamos a quedar todo lo que se nos canten las bolas. Chau. Andá a llamar a la cana.

Se miraron a los ojos un momento. La otra se retiró, con un gesto de: ya vuelvo. Todas se despedían con el mismo gesto, pero no volvían nunca.

Pasado el mal momento, cuando recuperó la palabra, Marcia se sintió francamente escandalizada.

—¡Pero cómo osaste cometer semejante infamia! ¡Cómo le echaste el fardo encima a la pobre Liliana! Esto puede costarle el empleo. Creo que tiene los minutos contados.

—¿Por qué?

—¿Te parece que pueden querer una empleada lesbiana, que se cita con amantes que sacan navajas...?

—Todo es relativo, Marcia. Quizás ahora empiecen a respetarla más. Y si la echan, va a conseguir un empleo mejor, porque es la ley de la vida. En ese sentido lo más probable es que le hayamos hecho un favor sin querer.

No me pareció contenta con lo que hace. Ya el hecho de que nos haya dado conversación muestra que está abierta a otras posibilidades.

–Puede ser –dijo Marcia, no muy convencida–. Pero de todos modos no estoy de acuerdo con la mentira. La mentira siempre es una calumnia. La verdad para mí es sagrada.

–Para mí no.

–Para mí tampoco –dijo Lenin.

–Eso habla muy mal de ustedes. Desvaloriza todo lo que han dicho...

Por primera vez desde que habían entrado Mao mostró un interés genuino, como si por fin Marcia acertara con un tema que valía la pena.

–De acuerdo –dijo–. ¿Y qué?

–¿Cómo "y qué"?

–Sí. ¿Qué importancia tiene?

–Tiene toda la importancia que puede tener. Es lo que hace la diferencia entre hablar por hablar y querer decir algo.

Mao negó con la cabeza:

–¿Te parece que tiene alguna importancia todo lo que dijimos desde que nos sentamos en esta mesa?

No era del todo una pregunta retórica. Esperaba una respuesta.

–Sí –dijo Marcia–. Para mí sí.

–Bueno, estás equivocada.

–Si pensás así, ¿por qué te molestás en hablar?

–Aunque más no sea, para hacerte entender eso, Marcia: que no tiene ninguna importancia. Que todo es nada, o equivalente a nada.

–¡Y me decías que no eran nihilistas!

–No lo somos. *Vos* sos nihilista. ¿De veras podrías pasarte la vida diciendo boludeces, preocupada por cosas como las que pasan aquí, en este microcosmos de la hamburguesa? Todo esto es accidental, no es más que el resorte que nos manda de vuelta a lo importante. Con lo que volvemos al punto de partida. ¿Estás satisfecha ahora? ¿Ya sabés todo lo que querías saber sobre nosotras? ¿Podemos volver a hablar de lo otro?

–No te entiendo, Mao... –hubo una inflexión suplicante en su voz, por completo involuntaria. Pero en el momento de pronunciar el nombre de la punk, Marcia sintió de nuevo lo indefinible, ahora más cerca de su conciencia, aunque todavía afuera. El lugar se había vuelto irreal, quizás por el movimiento incesante de adolescentes por el pasillo, o por la iluminación muy fuerte y blanca, o más probablemente por la inmovilidad, que ella nunca soportaba bien. Contra la pared había un espejo, y lo miró por primera vez: estaba pálida, tenía los ojos vidriosos. Los rostros de las otras dos parecían velados–. No me siento bien. Me parece que el helado me cayó mal. ¿Qué hora será? –la pregunta cayó en un silencio indiferente–. ¿La hora tampoco tiene importancia para ustedes? Supongo que no. Por supuesto. Qué va a tener. ¿Cómo pueden decidir por mí qué tiene importancia y qué no? Si no me conocen. Ni yo las conozco a ustedes. ¿Quiénes son? ¿Qué quieren?

–Eso ya te lo dije.

¿Qué querían? ¿Quiénes eran? ¿Quién era ella? Todo se borraba en una niebla corrosiva. Se sentía paralizada. Si se movía, se disolvería como una figura de humo. Nada tenía importancia, de acuerdo. Al fin, ellas tenían razón. Pasaron unos chicos discutiendo a gritos. Detrás venía Liliana, con su paso algo bamboleante. Echó una mirada a la mesa como si la viera por primera vez, y levantó la bandeja con la mano izquierda mientras con la derecha pasaba el trapo húmedo, sin necesidad porque no habían ensuciado. Al mismo tiempo decía:

–Acá viene toda clase de gente rara.

–Vamos –dijo Mao poniéndose de pie de improviso.

Lenin la imitó, y como para salir necesitaba que Marcia saliera del asiento, la ayudó a levantarse tomándola de un brazo. Mao la tomó del otro y la dieron vuelta apuntándola a la puerta. Liliana se quedó mirándolas hasta que salieron, seria e inescrutable, con la bandeja en la mano.

El aire frío de la calle revivió a Marcia. No es que hiciera tanto frío, pero en el Pumper tenían la calefacción demasiado fuerte y el contraste se hacía sentir, sobre todo porque adentro no se había sacado el pulóver. Dieron unos pasos, y todo su malestar se disipó, quizás porque no había existido. Se sentía muy lúcida; su pensamiento se desperezaba y extendía, aunque todavía sin aplicarse a nada; esto último le producía una sensación de plenitud. Sentía que se acercaba el momento, en realidad se precipitaba, de tomar una decisión, de encontrar un modo de despedirse. Era una especie de compulsión a pensar, por el momento en forma de inminencia, y Marcia sabía que cuando el pensamiento se manifestara en ideas, y las ideas en palabras, la contracción de la plenitud volvería al mundo un juguete. En la realidad todo se miniaturizaba. La calle misma se lo mostraba: todas las luces encendidas no hacían otra cosa que reducir la noche a una especie de burbuja protectora de la que era imposible escapar como no fuera en un sueño. Con un gesto muy común en todos los que salen de un lugar cerrado, levantó la vista al cielo (para ver si llovía). Le pareció ver todas las estrellas; o las vio, pero distraída, sin pensar, y eso en el caso de las estrellas equivalía a no verlas. No había pasado tanto tiempo, porque la actividad seguía exactamente igual que cuando entraron. El grueso de la juventud seguía estacionado en la vereda de enfrente; de este lado había unos grupitos en las escalinatas del banco al lado del Pumper, pero prevalecía el movimiento. La circulación era tan nutrida que causaba vértigo. El paso apurado de las punks, al que ella se ajustaba no sabía por qué, acentuaba el sentimiento. El flujo de gente las separó y volvió a reunir dos o tres veces en unos pocos metros. Impaciente, Mao la tomó del brazo y la llevó hacia el receso triangular de una perfumería. Lenin vino tras ellas.

—¿Querés coger? Decí que sí.

—Soltame —dijo Marcia frunciendo el ceño—. Empezá por no tocarme. La respuesta es no. Sigue siendo no, ¿por qué iba a cambiar? Quiero irme a mi casa.

No obstante, se había detenido. Pero al ver el gesto decidido de Mao, gesto que le pareció de locura, negando con la cabeza sin apartar los ojos de los suyos (lo normal es que cuando uno niega sacudiendo la cabeza aparte los ojos de los de su interlocutor) sintió la urgencia de seguir caminando. Podía hacerlo. Dio unos pasos de vuelta hacia la vereda, y volvió a detenerse para completar el razonamiento. Junto al impulso de huir la dominaba uno de hablar, pues de pronto se sentía capaz de hacerlo, como si el regreso al tema principal la liberara de un hechizo.

—Por culpa de ustedes no pudimos hablar ahí adentro. Estamos igual que antes, o peor. Yo quería saber algo y sigo sin saberlo. Para ustedes no es importante, ¿pero y para mí?

—No. Para vos tampoco.

—¡Qué terca sos! ¡Qué desconsiderada!

—Te dimos el gusto, pero en realidad no era necesario hablar.

—Entonces no digamos nada más. Adiós.

Salió caminando sin mirarlas.

—Del amor no hay que hablar —dijo Mao.

—Hay muchas cosas de las que se puede hablar. Todo es muy complicado —no sabía lo que estaba diciendo.

—No. Es simplísimo. Hay que decidir de inmediato.

Ellas también caminaban, y de prisa, según su costumbre. Iban las tres hacia la esquina. Mao parecía ir reuniendo fuerzas para un ataque definitivo. Marcia decidió que ya no le interesaba. Estaba cansada de la discusión.

Más allá de lo que confesaba, más sinceramente, Marcia estaba desilusionada de que la conversación no hubiera dado frutos. Y no tanto por no haber obtenido más datos sobre el mundo punk (ya que al ignorar cuántos datos había, no podía saber si le habían dado muchos o pocos) sino porque el mundo punk no se hubiera revelado como un mundo al revés, simétrico y en espejo al mundo real, con todos los valores invertidos. Eso habría sido la verdadera simplicidad, y la habría dejado satisfecha; lo reconocía con cierta vergüenza porque era pueril, pero ya no tenía ganas de hacerse problemas. Era una oportunidad perdida, y con ella se perdía todo lo demás y daba por cerrado el episodio.

Habían llegado a la esquina; Mao se detuvo. Miró hacia la calle Bonorino, bastante oscura, y se volvió hacia Marcia.

–Vamos un poco hacia allá que quiero decirte una cosa.

–No. No hay nada más que decir.

–Una sola cosa más, Marcia, pero fundamental. ¿No sería injusto que me dejes con la palabra en la boca cuando voy a decirte al fin lo importante? Ahora sí, quiero hablarte del amor.

Pese a todo lo que había decidido un momento antes, Marcia sintió curiosidad. Sabía que no habría nada nuevo, pero igual lo sentía. Era la magia que ejercían las punks sobre ella: le hacían creer en una renovación del mundo. La desilusión era secundaria. La desilusión la ponía ella, pero Marcia era de esas personas acostumbradas a ponerse al margen y evaluar la situación exceptuándose. De modo que siguió a Mao, y Lenin la siguió a ella. No fueron muy lejos. A continuación de las vidrieras de Harding había un trecho muy oscuro, a veinte metros de la esquina. Ahí se agruparon contra la pared. Mao comenzó a hablar sin preliminares, en un tono de urgencia. Tenía la vista fija en Marcia, que en la penumbra se sintió más libre de devolver la mirada con una intensidad que era rara en ella.

–Marcia, no te voy a decir una vez más que estás equivocada porque ya debés de saberlo. Ese mundo de explicaciones en el que vivís, es el error. El amor es la salida del error. ¿Por qué creés que no puedo amarte? ¿Tenés un complejo de inferioridad, como todas las gordas? No. Si creés tenerlo, también en eso estás equivocada. Mi amor te ha transformado. Ese mundo tuyo está dentro del mundo real, Marcia. Voy a condescender a explicarte un par de cosas, pero tené en cuenta que me refiero al mundo real, no al de las explicaciones. ¿Qué es lo que te impide contestarme? Dos cosas: lo súbito, y que yo sea una chica. De lo súbito, no es necesario decir nada; vos creés en el amor a primera vista tanto como yo y como todo el mundo. Eso es una necesidad. Ahora, respecto de que yo sea una chica y no un chico, una mujer y no un hombre... Te escandaliza nuestra brutalidad, pero no se te ha ocurrido pensar que en el fondo sólo hay brutalidad. En las mismas explicaciones que estás buscando, cuando llegan al fin, a la explicación última, ¿qué hay sino una claridad desnuda y horrible? Hasta los hombres son esa brutalidad, así sean profesores de filosofía, porque debajo de todo lo demás está el largo y ancho de la verga que tienen. Eso y nada más. Es la realidad. Claro que pueden tardar años y leguas para llegar ahí, pueden agotar todas las palabras antes, pero da lo mismo que tarden poco o mucho, que se tomen una vida entera para llegar a ese punto o te muestren la pija antes de que hayas cruzado la calle. Las mujeres tenemos la ventaja maravillosa de poder elegir entre el circuito largo o el corto. Nosotras sí podríamos hacer del mundo un relámpago, un parpadeo. Pero como no tenemos pija, desperdiciamos nuestra brutalidad en una contemplación. Y sin embargo... *hay* un súbito, un instante, en que todo el mundo se hace real, sufre la más radical de las transformaciones: el mundo se vuelve mundo. Eso es lo que nos revienta los ojos, Marcia. Ahí cae toda cortesía, toda conversación. Es la felicidad, y es lo que yo te ofrezco. Serías la boluda más grande de todas las que ha habido y habrá si no lo ves. Pensá que es muy poco lo que te separa de tu destino. Sólo tenés que decir que sí.

Marcia había prestado poca atención desde el principio, distraída como estaba por sus propias reflexiones, que llegaron en este momento a una especie de culminación. Fue como si todas las extrañezas se desvanecieran en un descubrimiento que hizo.

Ya antes, dos veces, había notado algo raro que no pudo definir. Ahora supo qué era. Comprendió, o formuló con palabras, algo que había comprendido hacía rato, quizás desde el primer momento: que Mao era hermosa. Saltaba a la vista que lo era. Le sorprendió no habérselo dicho a sí misma hasta entonces. Era la chica más hermosa que hubiera visto en su vida. Y más todavía que eso. Una cara bonita, rasgos armoniosos, un juego de expresiones exquisitas, no eran una cosa tan rara entre chicas de esa edad. Mao era mucho, muchísimo más. Estaba más allá de todos los pensamientos que podían formularse sobre la belleza: era como el sol, como la luz.

Y no era un efecto. No era el tipo de belleza que se descubría a la corta o a la larga, por el hábito o el amor o por las dos cosas juntas, no era la belleza que se veía por la lente de la subjetividad o el tiempo. Era objetiva. Era una belleza real. Marcia podía asegurarlo porque a ella la belleza nunca le había importado gran cosa, y ni siquiera la notaba o la tomaba en cuenta. Entre sus compañeras de colegio había varias que podían jactarse de bellezas sin falla. En comparación con Mao, eran algo así como ilusiones que caían ante lo real.

Bueno, se dijo, ésa era entonces el "arma secreta" de Mao, y todo debía explicarse a partir de ahí. Pero al mismo tiempo, no se explicaba. Porque, ¿cómo podía ser un secreto la belleza?

–No obstante –seguía diciendo Mao–, el amor también admite un rodeo, y sólo uno: la acción. Porque el amor, que no tiene explicaciones, tiene de todos modos *pruebas*. Claro que no son exactamente una dilación, porque las pruebas son lo único que tiene el amor. Y por lentas y complicadas que sean son inmediatas también. Las pruebas valen tanto como el amor, no porque sean lo mismo ni equivalentes, sino porque abren una perspectiva a otra faz de la vida: a la acción.

Marcia no había prestado más atención a esta parte del discurso que a la anterior. Su reflexión seguía culminando: eran dos series paralelas, la de Mao y la de ella, y era de ese modo como alcanzaban una cierta armonía. Después de comprobar, o descubrir, la belleza de Mao, y todavía bajo el efecto de un deslumbramiento al que no sabía qué nombre darle, volvió la mirada a Lenin. Lo anterior la había predispuesto a ver lo que no había visto antes. En cierto modo, no las había mirado a la cara.

Lenin no era una belleza. Pero quizás sí. Tenía el rostro alargado, caballuno, y todos los rasgos (ojos, nariz, boca) de un tamaño inapropiado y azaroso. Pero el conjunto no podía calificarse de feo. Era distinta. Tan distinta que hacía pensar en una clase de belleza que pudiera apreciarse en otra civilización. Era lo contrario de Mao. En una corte exótica, primitiva o directamente extraterrestre, su rostro podría haber sido visto como una joya viviente, la realización de un ideal. Generaciones de reyes incestuosos habrían sido necesarios para llegar a ella, y entonces sería objeto de rencillas dinásticas, guerras, intrigas, raptos, caballeros con extrañas armaduras, castillos en la cima de montes inaccesibles... En ella había un descubrimiento latente, que para Marcia se hizo real en ese momento: lo novelesco. Y había una profunda identidad con Mao, también; se revelaban como las dos caras de un mismo asunto. La belleza y lo distinto estallaban en la noche, y la transformación que producían no era, como las anteriores que había creído percibir (ésta las cambiaba de naturaleza), la vuelta de página a una nueva versión del mundo, sino *la transformación del mundo en mundo*. Era la cima de la extrañeza, y no creyó que se pudiera ir más lejos. Estaba en lo cierto, pues ya no hubo más transformaciones; o mejor dicho, la circunstancia tomó el color y el ritmo de una gran transformación, detenida y vertiginosa a la vez. Se felicitó de haberles dado una oportunidad más, y hasta sintió una alarma retrospectiva e hipotética: si hubiera llevado a cabo su intención de volver a su casa minutos antes, se habría privado de este descubrimiento, que le parecía fundamental. Cuántas veces, pensó, por no hacer un pequeño esfuerzo más, la gente se perdía enseñanzas positivas y enriquecedoras.

Mao la miraba, expectante. Marcia la miró, y tuvo que cerrar los ojos (interiormente): era demasiado hermosa. Estaba a punto de pedirle que por favor le repitiera la pregunta, si es que había habido pregunta, pero Mao no esperaba una respuesta. Por el contrario, fue como si la diera ella misma:

–Tendrás una prueba –le dijo.

Marcia no sabía de qué estaba hablando, pero de todos modos asintió con la cabeza. Entonces sucedió algo asombroso: Mao sonrió. Fue la primera y única vez que lo hizo, y Marcia, que de ninguna manera podía estar segura de que eso fuera una sonrisa, supo sin sombra de dudas que Mao le había sonreído.

En realidad se trataba de uno de los fenómenos más raros del universo, la "sonrisa seria", que los hombres con mucha suerte pueden ver una o dos veces en su vida, y las mujeres no ven prácticamente nunca. Le hizo pensar, quizás por una asociación de los nombres, en una foto de Mao Tsé Tung, una de esas fotos oficiales que se reproducen borrosas en un diario, en la que ni con la mayor perspicacia puede decidirse si en la cara del chino hay o no un esbozo de sonrisa.

Fue algo brevísimo, un instante, y ya las punks se dirigían en busca de la enigmática "prueba". Marcia iba con ellas, por una gravitación natural, la gravitación del misterio, todavía en la bruma de sus pensamientos, ninguno de los cuales (ni el de la belleza, ni el de lo novelesco, ni el de la sonrisa) había tenido una forma definida. Cruzaron la calle sin fijarse si venía un auto o no; enfrente, en la esquina, la oscuridad era más espesa pues había una galería abandonada; hubo una vacilación cuando Mao tomó la dirección de Rivadavia, pero cambió de idea y habló con Lenin.

–¡Vamos! –dijo después con energía, y tomó resueltamente la dirección contraria. Marcia las había oído pronunciar la palabra "Disco", y por el tono entendió que iban al supermercado de ese nombre. En efecto, pasando el cine y una pequeña panadería, se metieron en una galería al fondo de la cual se veía el enorme local del Disco, todo en luz fluorescente. Y tuvo una intuición de lo que se proponían hacer. Era un clásico en materia de pruebas de amor (un clásico aunque nadie lo hubiera hecho nunca): robar algo de un supermercado y regalárselo. Era el equivalente de lo que antaño habría sido matar a un dragón. Claro que no sabía qué podría probar eso, pero se dispuso a verlo. Desde el presente iluminista del siglo, cualquiera diría que los dragones no habían existido. ¿Pero acaso para un campesino de la Edad Media existían los supermercados? Del mismo modo, la prueba que todavía estaba en un cierto lapso del futuro tenía abierto el crédito de la existencia. ¿Le pedirían que las esperase afuera? Las dos grandes paredes que separaban el supermercado de la galería eran de vidrio. Adentro había mucha gente, todas las cajas estaban en funcionamiento, con largas colas serpenteando entre las góndolas y creando un atascamiento general. La única puerta estaba casi en la salida de la galería a la calle Camacuá. No, no la harían esperar afuera: Mao se hizo a un lado para que entrara primero, sin palabras. Cuando entró... No exactamente cuando entró, sino cuando miró atrás y vio lo que hacía Lenin al entrar... fue como si comenzara un sueño. Y al mismo tiempo como si comenzara la realidad.

Lenin había sacado del bolsillo, o quizás de entre las cosas metálicas que le colgaban del cuello, un grueso candado de hierro negro; cerraba la puerta de vidrio, corría el pasador y le ponía el candado, que al cerrarse hizo un clac que la sobresaltó. Fue como si el candado se hubiera cerrado sobre su corazón, literalmente. Más todavía, como si su corazón fuera el candado de hierro negro algo herrumbrado, pero funcionando a la perfección, demasiado bien en realidad. Porque la maniobra había tenido algo de irreversible (un candado, cuando se cierra, parece como si nunca más fuera a poder abrirse, como si la llave estuviera extraviada desde ya), lo que sumado a lo imprevisto, a la sorpresa, la volvía un sueño hecho realidad...

No era la única que lo había visto. Una señora mayor, baja, de pelo blanco y tapado rojo, llegaba en ese momento a la puerta para salir, con un changuito cargado.

–Atrás –le dijo Lenin con la navaja abierta en la mano.

Un muchacho con la remera de Disco, el que atendía el mostrador de los bolsos, había dado unos pasos hacia la intrusa, pero se detuvo al ver la navaja, con un gesto de estupefacción casi cómico. Lenin se volvió hacia él blandiendo el filo:

—¡Quieto, hijo de puta, o te mato! —le gritó. Y a la vieja, que había quedado paralizada—: ¡Volvé a la caja!

Dio una patada en el suelo y con un movimiento velocísimo le tiró una cuchillada a un sachet de leche que coronaba el changuito. El reguero blanco estalló en los ojos de varias mujeres que venían hacia la salida.

Acto seguido pasaba al lado de Marcia rumbo al sector de verdura, que daba a la calle. Un hombre de delantal blanco salía de atrás de la balanza electrónica, como si se hubiera hecho cargo de la situación y se decidiera a ponerle punto final. Lenin no gastó saliva en él. Le mostró la navaja de punta, y como el hombre levantara las manos para arrebatársela o golpearla, le lanzó una estocada como un relámpago a la cara. La hoja cortó de punta, abrió un tajo horizontal profundo hasta el hueso, hasta la encía, encima del labio superior, desde la mejilla izquierda hasta la derecha. Todo el labio superior del hombre quedó colgando, y saltó la sangre para arriba y para abajo. El tipo había empezado a gritar algo pero no lo terminó. Se llevó las dos manos a la boca.

Todo había sucedido en segundos, apenas el tiempo de darse cuenta. Las señoras que elegían frutas y hortalizas en ese sector, desde el que no se veía el resto del supermercado, atinaban a empezar a mirar, a alarmarse, y ya Lenin pasaba entre ellas, con la navaja chorreando sangre, hacia el pequeño mostrador del fondo, donde estaba paralizada la chica que recibía los envases vacíos. A su espalda había una puertita que daba al depósito de descarga de los camiones. Marcia, que había quedado cerca de la puerta, girando para ver mejor el progreso de Lenin, comprendió que iba hacia la otra salida, a hacer lo mismo que con la primera. Ahí debía de haber un portón metálico. No dudó ni por un instante de que lo clausuraría con otro candado... Marcia sólo esperaba que tuviera las llaves, porque no sabía cómo iban a salir si no, y en esas circunstancias la urgencia de salir llenaba todo su cerebro, no podía pensar en otra cosa. Pero de algún modo lo más característico de ellas, lo fatal, lo que correspondía a su estilo de quemar las naves, era que no tuvieran las llaves, que cerraran esos candados para siempre.

En ese momento sonaron tiros justo encima de su cabeza. Dos o tres o cuatro tiros, imposible contarlos. No hicieron mucho ruido pero las cabezas de los alarmados se echaron hacia atrás. Increíblemente nadie gritaba todavía. La sorpresa seguía actuando. A la izquierda de Marcia, contra los vidrios que daban a la calle, atrás de la balanza electrónica, subía una escalerita. Todo ese sector tenía el techo bajo. Arriba había una oficina suspendida, una pecera, no muy grande, donde obviamente se ubicaba un guardia mirando toda la extensión del supermercado, que no tenía circuitos cerrados ni nada parecido; la vigilancia se hacía de modo primitivo, tipo mangrullo. Por la escalerita debía de haber subido Mao mientras su amiga hacía el show de la navaja, y a esta altura ya debía de haber reducido al vigilante. Reducido, o algo más. Marcia habría podido jurar que no había sido él quien disparaba.

En el silencio de muerte que reinó en el sector Verdura tras los tiros (sólo se oía la propaganda de un puré instantáneo que transmitían los parlantes) sonó con horrible fragor el portón del depósito contiguo cerrándose. Fue de por sí un "clac" tan definitivo que el candado parecía innecesario. A cualquier otro le habría resultado increíble que dos jovencitas pudieran hacer cosas como cerrar un portón metálico de toneladas de peso, reducir a la docena de fornidos camioneros y changarines que debía de haber en el depósito, o bien poner fuera de combate a un profesional o dos de la vigilancia y apoderarse de sus armas de fuego... A Marcia no le resultaba increíble; al contrario, no habría podido creer otra cosa.

No se había apagado el eco del portón (¡realmente estas chicas no le daban tregua a la atención!) cuando todas las miradas fueron hacia la oficina suspendida en lo alto, donde uno de los paneles de vidrio que hacían de paredes reventó con estrépito. Una lluvia de vidrios grandes y pequeños de formas irregulares cayó sobre la divisoria entre los sectores Verdura y Gaseosas. Y entre ellos cayó el proyectil que había causado el estropicio, que no era otra cosa que un teléfono, con el cable arrancado por supuesto.

A todo esto, la alarma había empezado a cundir entre clientes y empleados. No podía esperarse otra cosa, porque el tiempo, así sea poco, no pasa en vano. Había quienes se habían puesto a gritar, y quienes se habían puesto a considerar seriamente el tema de la salida. No pocos se dirigían hacia la puerta, y los que ya habían llegado la sacudían con vigor pero sin efecto. No había caso: para salir habría que romper el vidrio. Eso no habría resultado tan difícil, ni siquiera demasiado oneroso (sobre todo teniendo en cuenta que podría haber evitado lo que parecía un inminente baño de sangre), pero es increíble el respeto supersticioso que despierta un vidrio grande. Y segundos después, cuando la razón se impusiera, ya sería tarde.

Marcia, en quien nadie se había fijado, se amontonó con los demás en las cercanías de la puerta. Desde ahí tenía una vista de todo el supermercado. No sabía si era la suerte o un cálculo muy bien hecho lo que había ayudado a las punks en el primer paso del operativo. Pues la puerta de entrada, la escalera a la oficina, el trayecto hasta el depósito, todo quedaba oculto por el gran exhibidor de verduras, que separaba esa estrecha franja sobre la calle del resto del salón. Desde éste, el primer signo visible fue la rotura del vidrio de la oficina elevada. El salón era bastante grande, unos cuarenta metros de largo por treinta de ancho. Los que estaban lejos pudieron pensar en un accidente. Algunos inclusive pudieron no oírlo ni verlo. Una grabación por los parlantes seguía dando propagandas de aceite y galletitas. Pronto, muy pronto, se iba a disipar toda ignorancia.

Pues en el hueco que había dejado el vidrio roto apareció Mao, con un revólver en la mano y un micrófono en la otra. Se la veía tranquila, aplomada, de cuerpo entero, sin apuro. Sin apuro, sobre todo, porque no estaba perdiendo un segundo. Los hechos pasaban en un continuo colmado del que ellas tenían perfecto dominio. Era como si hubiera dos series temporales: una la de las punks, haciéndolo todo cosa tras cosa sin huecos ni esperas, y otra la de los espectadores víctimas, que era todo hueco y espera. La grabación que habían estado transmitiendo los parlantes había cesado, y se oía la respiración de Mao que se disponía a hablar. Eso solo produjo bastante terror. La eficiencia suele tener ese efecto. Cortar la transmisión de una cinta grabada y pasar el sistema de sonido a amplificación directa debía de ser muy fácil, cuestión de oprimir un botón nada más. Pero saber hacer lo fácil no es fácil. Toda la clientela del supermercado uniendo fuerzas podría haber manoseado botones una semana sin lograrlo. Y eso lo sabían, y los hacía sentir a merced de una eficiencia que se encontraba a sí misma sin esfuerzo.

—Oigan bien todos —dijo Mao por todos los parlantes del salón. Hablaba espaciando, con un gran dominio de los ecos. Le había dado a su voz un timbre neutro, informativo, que era pura histeria. Tanta y tan pura que la histeria creciente en las clientas y clientes quedaba en comparación como un nerviosismo de entrecasa. Les hacía comprender que no bastaba con que la nerviosidad o el miedo se acumulen y crezcan, para llegar a la histeria. Ésta era otra cosa. Era algo que no crece, por definición, un máximo que se ha alcanzado fuera de la vida, en la locura o en la ficción. Con el silencio cesó la pulsación de las últimas cajas que habían seguido funcionando hasta entonces–. Este supermercado ha sido tomado por el Comando del Amor. Si colaboran, no habrá muchos heridos o muertos. Algunos sí habrá, porque el Amor es exigente. La cantidad depende de ustedes. Nos llevaremos todo el dinero que haya en las cajas y nos iremos. Dentro de un cuarto de hora los sobrevivientes estarán en su casa mirando la televisión. Nada más. Recuerden que todo lo que suceda aquí, será *por amor*.

¡Qué literaria era! Sobrevino una de esas vacilaciones que se producen a expensas de lo real de la realidad. Un hombre en una de las colas soltó una estruendosa carcajada. Sonó un tiro de inmediato, pero no causó un agujero en la frente del que se reía, sino en la pierna de una señora bajita que estaba a dos lugares de él en la cola. La pierna se volvió una fuente de sangre y la señora se desmayó aparatosamente. Hubo un remolino con gritos. Mao balanceó un poco el revólver recién disparado y se llevó otra vez el micrófono a la boca. El sujeto, blanco y aturdido, dejó de reírse. El tiro estaba destinado a él. Era como si estuviera muerto, porque en la ficción correspondiente a su incredulidad anterior, el agujero realmente estaba en su frente.

–Todos atrás –dijo Mao–. Aléjense de las cajas, las cajeras también. Métanse entre las góndolas. Ahora voy a bajar. No habrá más advertencias –arrojó el revólver por encima del hombro y se llevó la mano libre a las cosas que le colgaban del cuello, de entre las que tomó una, que parecía una pequeña piña de metal negro, del tamaño de un huevo de gallina. Dijo–: Esto es una granada de gas neurotóxico. Si la hago estallar, todos ustedes quedarán paralíticos y tarados el resto de sus vidas.

Se produjo el movimiento hacia atrás. Los que estaban al otro lado de las cajas volvieron a trasponerlas, las cajeras las abandonaron; supervisoras, auxiliares, todos se amontonaron buscando el refugio de las góndolas. Los que la tenían en su camino pasaron por encima de la mujer desmayada y su creciente charco de sangre. Debía de haber unas cuatrocientas personas, de todas las edades y condiciones sociales. Y no pocos niños, incluidos bebés en cochecitos. Se atropellaban en su prisa por ir hacia atrás, pero las palabras siguientes de Mao detuvieron en seco su impulso:

–Miren allí –señaló hacia su izquierda. Sobre el mostrador de lácteos había aparecido Lenin, con un racimo de bidones de nafta en una mano–. Los que quieran salir de entre las góndolas por el otro lado serán incinerados vivos.

Todo el fondo del salón estaba recorrido por las heladeras bajas de la carne, luego por el stand de quesos y fiambres, y al fin, separadas por un pasaje estrecho, las heladeras de lácteos, sobre cuyo borde superior estaba Lenin. Pero atrás de esa línea quedaba un espacio vacío, en el que había empleados de ambos sexos, con delantales blancos, mirando atónitos la espalda de la incendiaria, que no les prestaba atención. ¿Por qué no la atacaban? La mayoría no se había enterado de la incursión de Lenin por el depósito, y pudo creer que éste seguía abierto y con gente dispuesta a ayudarlos. Fue así que dos hombres, uno más bajo, el otro enorme y panzón, se precipitaron a atacarla, a abrir una brecha para buscar la salida a la calle, sin reflexionar mucho. El gordo, que debía de creerse una locomotora humana, alcanzó a subir entre los yogures, extendiendo los brazos hacia la guardiana, que no se inmutó. En una fracción de segundo el hombre estaba bañado en nafta, y una certera patada de Lenin lo hacía caer de espaldas. No había tocado el suelo que ya se incendiaba. ¿Le habría tirado un fósforo? Nadie alcanzó a ver. Era una tea. Su campera de plástico se abrasó vistosamente, y sus gritos llenaron el supermercado. Un bidonazo le dio en la cabeza, y como estalló allí, carbonizándole el cerebro en una bola de fuego, dejó de gritar. Su compañero, sólo lateralmente chamuscado, buscó refugio entre la gente. Entre los gritos que se proferían, los más inteligibles eran, curiosamente, los de mujeres que en nombre de sus hijos pedían acatamiento para que no se hiciera efectiva la amenaza del gas. Hay cosas que calan hondo en la imaginación.

En medio de este incidente se habían apagado todas las luces, y los números rojos de las cajas registradoras, y el sistema de sonido. Allí arriba Mao había cortado la electricidad. En la súbita penumbra oscura (los ojos tardarían unos segundos en empezar a aprovechar la luz que entraba de la galería y la calle) brilló enceguecedor el hombre pira y el vasto charco de combustible inflamado a su alrededor.

Pero ellas no debieron esperar nada para identificarse con la oscuridad. Lo habían hecho antes, y ahora sólo les quedaba actuar. Como un murciélago, como un mono nocturno, Mao se descolgó de la oficina a la primera de las cajas y comenzó a saltar de una a otra rumbo a la última. Al otro lado de los vidrios, en el pasillo de la galería, habían empezado a reunirse curiosos que miraban hacia adentro sin entender.

Más allá de las góndolas y la gente, de la masa llorosa y vociferante (después de todo, les habían pedido obediencia pero no silencio), Lenin se desplazaba en dirección contraria a la de su amiga por encima de las heladeras, pisando la carne y los pollos. Ese movimiento, como no fuera realizado por motivos de simetría nada más, no podía tener otro objeto que disuasivo y de amedrentamiento. Todo parecía tener ese fin: reinaba la amenaza, pero no la amenaza eficaz y limpia, la comprensible, sino la mezclada con las realidades a las que refería, que de ese modo dejaban de actuar como lenguaje y se fundían en una totalidad borrosa e ilegible. Había un lenguaje de todos modos, pues en la simetría bilateral del copamiento, Mao representaba el momento finalista, el robo del dinero de las cajas, Lenin el de la amenaza que persistía más allá de los crímenes, al impedir la huida por el otro lado. Y efectivamente, tenía algo en mente, porque se inclinaba a atraer los carritos que estaban cerca de las heladeras y los lanzaba hacia el fondo, hacia los lácteos y las góndolas de vinos.

Al llegar a la última caja Mao comenzó a vaciarlas sistemáticamente. Lo hacía sin sacar los pies de la plataforma donde se ponía la mercadería, inclinándose de la cintura para arriba. Apretaba el botoncito de resorte que hacía saltar la caja de dinero, arrancaba de un tirón seco la bandeja con compartimentos para el cambio, hacía un manojo con todos los billetes grandes que había abajo y los metía en una bolsita de plástico que se había colgado de la muñeca. Uno o dos segundos bastaban para la operación. De un salto pasaba a la caja siguiente.

Saltaba de la segunda a la tercera caja (y los espectadores apenas si empezaban a darse cuenta de lo que estaba sucediendo) cuando una explosión hizo temblar todo el supermercado, y toda la galería en la que se encontraba, y la manzana, y seguramente el barrio entero. Por milagro, los vidrios no estallaron, pero hicieron algo mejor: se pulverizaron en su lugar, quedaron opacos, como empañados, y burlaron definitivamente a los curiosos de afuera que de cualquier forma huyeron al oír el ruido, porque daba la impresión de que la galería iba a derrumbarse. El espanto de los rehenes llegaba a una cima. La explosión había venido del depósito a espaldas de Lenin. Debía de ser algún tanque de combustible. Por las aberturas entraba la luz y el crepitar horrendo del fuego. Hubo casi de inmediato dos explosiones complementarias, quizás de los tanques de los camiones. Fueron menos atronadoras que la primera pero las acompañó un clamor de fierros y chapas. La luz se había cortado en la galería también, y ahora sólo los iluminaban las llamas con su resplandor móvil y casual. Mao no había interrumpido su maniobra y ya había vaciado dos cajas más. Si alguien pensó en aprovechar la oscuridad para detenerla debió reconsiderarlo pues toda la pared que separaba el salón del depósito se derrumbó sin ruido, y como al otro lado no había más que fuego, una intensa luz se proyectó sobre la escena. Pero alguien no lo reconsideró lo suficiente y se arrojó sobre la ladrona. Era una muchacha con el uniforme rosa de las cajeras, una muchacha de constitución sólida, corpulenta, decidida. La visión del incendio había desatado nuevos impulsos, o había hecho olvidar prevenciones vigentes segundos antes. Quizás ella pensó que su ejemplo provocaría una rebelión general. Pero no fue así. Se abalanzó en línea recta hacia Mao inclinada en una caja. Atropelló en un estilo rinoceronte que parecía connatural en ella: lo hizo casi como si tuviera el hábito, como si en el pasado la maniobra siempre le hubiera dado buenos resultados. La respuesta de Mao fue instantánea y muy precisa: se echó hacia atrás con una botella de vino en la mano y la descargó en un arco amplio en el preciso momento en que la gorda llegaba. Se la reventó en la frente, y pudo oírse el crujido

64

del cráneo de la desdichada. Fue una muerte brutal, pero coherente con lo toruno de la embestida. Nadie la siguió. De todos modos Mao hizo un alto en su actividad y miró durante un segundo a la multitud inmóvil entre las góndolas. La luz del fuego le daba de frente, y estaba tan hermosa que daba escalofríos.

–¡No vuelvan a molestarme! –gritó. Nada más.

Dejó transcurrir otro segundo, como podría haberlo hecho una maestra después de reprender a los alumnos revoltosos, a ver si había alguna objeción. Los cuatrocientos desesperados no tenían objeción alguna. Todos parecían estar gritando sin abrir la boca: ¡No queremos morir!

Pero una voz muy aguda se levantó de entre la masa de sombras en la que bien podía estar fermentando la locura.

Aunque aguda, era una voz de hombre. Y el acento colombiano era fortísimo. Mucha gente supo a qué atenerse al oír las primeras sílabas. El vecindario es una enseñanza en sí. A dos cuadras de Disco, en la esquina de Camacuá y Bonifacio, había una Facultad de Teología a la que acudían becarios de todo el continente. Se alojaban en los departamentos del complejo y hacían las compras en la zona. Eran una especie de evangelistas eruditos, con un toque hippie. En un barrio como Flores, un extranjero siempre es sospechoso de cometer faltas de discreción. Era casi necesario que este colombiano interviniera.

–¡No me asustas, demonio! –empezó. Y eso fue prácticamente todo.

Lenin había interrumpido sus manejos a la altura del espacio entre góndolas donde sonaba la voz. A la inversa de Mao, ella se recortaba a contraluz sobre las llamas, que tenía muy cerca. En la mano, un bidón translúcido de nafta que brillaba como una gema. Un buen medio centenar de personas se interponía entre ella y el objetor, pero eso no parecía que fuera a detenerla.

–¡Cállate, idiota! –gritó un hombre. Se alzó un griterío apoyándolo, con un odio inaudito a la inoportunidad de la religión.

–¡El diablo...! –quiso chillar el colombiano.

–¡Qué diablo, mierda!

–¡Cállate, te digo!

–¡Mátenlo, mátenlo! –gritaba una mujer–. ¡Por nuestros hijos! ¡Mátenlo antes de que haya otra desgracia!

Y otra, más filosófica:

–¡Como para sermones estamos!

En realidad el colombiano ni siquiera había esbozado una argumentación religiosa, pero lo habían adivinado igual. En un barrio, todo se sabe. Y lo que no se sabe se intuye. El hombre que lo había interrumpido primero lo atacó a trompadas. Hubo un desparramo tremendo, porque el becario, que debía de ser enclenque y miembro de una raza decadente, se defendió. Pero no se vio nada en las tinieblas. Además, había brotes de histeria en otros sitios. Una histeria controlada y prudente, porque nadie salió de los límites que las atacantes les habían asignado.

Con todo, no parecía que esos límites fueran a ser respetados más allá de unos pocos segundos. El incendio era realmente pavoroso, y daba la impresión de que no tardaría mucho en trasladarse al salón. Además, si se había derrumbado una pared, bien podía derrumbarse el techo también. Mao había reiniciado el saqueo a las cajas, pero parecía hacerlo más lento ahora, esperando algún ataque, casi con deseos de dar otro escarmiento.

Lo razonable habría sido que terminara de recoger la plata y huyeran. Nadie iba a detenerlas. Pero su advertencia del principio reverberaba ahora en la conciencia colectiva de los rehenes: si todo esto se hacía por amor, faltaba algo, faltaba más horror. El amor siempre podía más.

Y en respuesta a este pedido Lenin tomó una iniciativa

escalofriante. El tumulto por el colombiano proseguía aún, cuando se oyó el paso estrepitoso de un carrito, lanzado de un extremo al otro del corredor del fondo, como un misil. Los que estaban cerca pudieron ver que iba cargado hasta el tope con botellas de champagne, coronadas por media docena de bidones de nafta, y con una aureola de fuego azul. Recorrió los cuarenta metros en línea recta sin tocar un solo obstáculo y chocó contra la punta de la góndola de gaseosas. La explosión fue inaudita, la onda expansiva un oleaje espeso de polvo de vidrio verde y alcohol inflamado. La onda produjo además el estallido en veloz sucesión de un millar de botellas de gaseosa. Como entre esas góndolas se había refugiado mucha gente, el accidente dejó el tendal. Se diría que los gritos llegaban al cielo. Los movimientos de Mao sobre las cajas se habían hecho de una lentitud sobrenatural.

La confusión era tanta que sería una pena no aprovecharla, pensó una señora bien ubicada. Debió de pensar: ¿Qué estamos esperando? Si esto es una pesadilla, actuemos como en los sueños. Mao había avanzado sobre seis o siete cajas ya. Estaba lejos de las primeras, y eso debió de ser lo que decidió a la impaciente. Se lanzó en veloz carrera desde las góndolas hacia el pasaje entre la primera y la segunda caja. Las traspuso en un abrir y cerrar de ojos y ya estaba contra el vidrio que daba al pasillo de la galería. Si hubiera embestido, se habría salido con la suya; esos vidrios totalmente pulverizados se mantenían verticales por algún raro milagro, y no habrían resistido a un choque decidido. Pero la señora, aturdida o loca, quería obedecer hasta el fin a la mecánica onírica que la había impulsado: se arrodilló ante el vidrio y empezó a cortarlo con el diamante del anillo. El círculo que empezó a trazar era demasiado pequeño para su cuerpo, pero eso era lo de menos. Mao se había acercado a ella en dos saltos, y lo que hizo allí entre las sombras que bailoteaban con furor, nadie lo vio. Fue un instante apenas. En la primera parte de esa brevedad la mujer alcanzó a soltar un grito penetrante; en la segunda y suprema hizo silencio, y con buenos motivos. Cuando la atacante se alzó, como una moderna Salomé de negro, sostenía con las dos manos la cabeza de la señora. El espectáculo había atraído la atención general. El clamor se multiplicó, y lo que surgía de él, más que los ¡Asesina!, ¡Bestia!, etcétera, eran los ¡No mires! Todos se lo pedían a todos. Era la segunda parte de lo soñado: el miedo a soñar. O a recordar, que es lo mismo. Pero Mao había saltado encima de la caja que tenía más cerca y lanzó la cabeza como una pelota hacia los que gritaban.

Mientras el despojo trazaba en el aire un arco en el que se encarnizaron todos los claroscuros brutales del fuego, un segundo carrito a espaldas de los espectadores hacía la misma senda que el primero, en sentido inverso, y se iniciaba con una explosión el tercer incendio en el extremo interno del salón, donde estaban las pensativas góndolas de vinos. La atmósfera se había enrarecido. El calor del fuego estaba cargado de olores asfixiantes. Toda la materia comestible y bebible del supermercado se transmitía al aire. El sector limpieza, contiguo al de gaseosas, había tomado fuego. Los envases de solventes, ceras, lustres, amoníacos, estallaban con hedores irrespirables. Las masas cautivas presionaban por alejarse y pasaban unos por encima de las cabezas de otros, sin ninguna solidaridad, en pleno sálvese quien pueda. Góndolas enteras empezaban a derrumbarse sobre la gente. Y la cabeza de la señora seguía en el aire, no porque se hubiera detenido en un milagro de levitación post mortem sino porque había pasado muy poco tiempo.

En la oscuridad de las llamas, en el cristal del humo y

la sangre, la escena se multiplicó en mil escenas, y cada una de las mil en otras mil... Mundos de oro sin peso y sin lugar... Era una especie de comprensión, al fin, de lo que estaba pasando. Hay un viejo proverbio que dice: Si Dios no existe, todo está permitido. Pero lo cierto es que nunca está permitido todo, porque hay leyes de verosimilitud que sobreviven al Creador. Aun así, la segunda parte del proverbio puede funcionar, es decir, hacerse realidad, al modo hipotético, dando origen a un segundo proverbio sobre el modelo del original: Si todo está permitido... Este nuevo proverbio no tiene segunda parte. En efecto, si todo está permitido... ¿qué? Esa interrogación se proyectaba en los mil relieves confusos del pánico en el supermercado, y recibía una suerte de respuesta. Si todo está permitido... todo se transforma. Es cierto que la transformación es una pregunta; en esta ocasión no obstante se afirmaba, momentánea y cambiante; no importaba que siguiera siendo pregunta, era respuesta también. El incidente había alumbrado, aunque en las sombras, el fantástico potencial de transformación que tiene todo. Una mujer, por ejemplo, un ama de casa del barrio que había ido a hacer las compras para la cena, se fundía en su lugar a la vista de sus congéneres que no le prestaban atención. El fuego se había apoderado de la fibra viscosa de su tapado matelassé. La señora se hacía monstruo, pero monstruo bayadera, con una voluptuosidad que durante toda la vida se le había escapado: sus miembros se alargaban, una mano al extremo de un brazo de tres metros reptaba por el suelo, una pierna se enroscaba una y otra vez, innumerable como una cobra... Y estaba cantando, sin abrir la boca, con un registro que en comparación habría hecho parecer flatulento y abotagado al de María Callas, sin contar con que el canto se enriquecía en ella con unas risas y jadeos y unas danzas no humanas... Se hacía animal, pero todos los animales al mismo tiempo, animal espectáculo con los barrotes de la jaula saliéndole como espinas de cada repliegue del cuerpo, animal selva cargado de orquídeas. Un arco iris torrencial la recorría, era roja, azul, blanca de nieve, verde, un verde profundo, sombrío... Se hacía vegetal, piedra, piedra que se entrechocaba, mar, pulpo autómata... Murmuraba, actuaba (Rebeca, una mujer inolvidable), declamaba y era mimo a la vez, era un auto, planeta, envoltura crujiente de caramelo, frase activa y pasiva en japonés... Y al mismo tiempo era sólo una mirada, una pequeña insistencia. Porque otro tanto podía pasar con cualquiera; y de hecho pasaba, ella era apenas un caso entre cientos, un cuadro en una exposición.

Mao seguía en lo suyo, y ya fuera por diligencia, ya porque la hora había llegado, estaba concluyendo su recorrida por las cajas. La bolsita que tenía en la mano izquierda estaba redonda de plata. ¿Cuánto tiempo había transcurrido? ¿Cinco minutos en total, desde que irrumpieron en el supermercado? ¡Y cuántas cosas habían pasado! Todos esperaban a la policía, a los bomberos, pero sabían que esperaban por un atavismo, porque no había nada que esperar. Lo que se sentía era lo contrario a que alguien acudiera: reinaba una huida centrífuga, el Big Bang, el nacimiento del universo. Era como si todo lo conocido estuviera alejándose, a la velocidad de la luz, a fundar a lo lejos, en el negro del universo, nuevas civilizaciones basadas en otras premisas.

Era un comienzo, pero también era el final. Porque Mao saltaba de la caja número uno al suelo, terminada la faena, y corría hacia la salida, y Lenin se le había unido, y las dos juntas se arrojaban sobre el vidrio del ángulo que daba a la calle... con la fuerza impune del amor... El vidrio estalló y el hueco se las llevó limpiamente... dos figuras oscuras sin límites atraídas por la inmensidad del exterior... y en el preciso momento en que salían, una tercera sombra se les unió... tres astros huyendo en el gran giro de la noche... las tres marías que todos los niños del hemisferio sur miran hechizados, sin comprender... y se perdieron en las calles de Flores.

27 de mayo de 1989

Fotocomposición: Alfavit
Impresión: Programas Educativos, S. A. de C. V.
Calz. Chabacano 65-A, 06850 México, D. F. Empresa certificada por el Instituto Mexicano
de Normalización y Certificación, A. C., bajo la norma ISO-9002: 1994/NMX-CC-04: 1995
con el número de registro RSC-048, e ISO-14001: 1996/NMX-SAA-001: 1998 IMNC con el
número de registro RSAA-003.
4-II-2011